2,206

Kérosène

J'AI LU

CLAIRE FRÉDRIC

Les Bêt' à gaz

Kérosène — *J'ai lu* 4578/**2**

Claire Frédric

Kérosène

Éditions J'ai lu

À Jean-Luc,
un petit peu, un peu,
juste un petit peu.

1

C'est au langage qu'on se faisait repérer. Tout de suite. Plus que les fringues, plus que la tronche, les phrases : les mots. Catégorie pauvres, miséreux, nécessiteux, minus trotte-menu, rase-mottes et peigne-cul du *vulgum pecus,* c'était nous. Du rififi dans la syntaxe ! Même habillés en normal, on ne faisait pas la blague. Oh, pas grand-chose nous dénonçait. Faut pas imaginer des tirades d'obscénités routinières, bourrées de gros mots si familiers qu'on aurait fini par les dire en toute naïveté, impunité, insouciance... les incontinences de la mauvaise éducation. Que pouic. Pas du tout. Plus subtil, notre parler.

D'abord, il y avait le débit. On parlait pour dire quelque chose, une nécessité, un besoin, sans rapport avec l'éloquence fluide, longue, replète comme une houle laiteuse. Non. Les mâchoires serrées, on parlait pour dire, pas pour s'entendre ronronner des mots gouleyants qui s'enchaîneraient en flocons immaculés. Des phrases courtes. Règle d'or. Lâchées bien fortes. Une habitude des campagnes, peut-être, même si dans notre bled, la campagne se trouvait ratatinée à quelques lopins de maïs avec d'énormes pylônes électriques au milieu. D'immenses câbles haute tension labouraient le ciel de leurs lignes sombres décorées de boules rouges ou argentées pour éviter à un Boeing miraud de s'y emmêler. Non, l'argument bucolique n'expliquait pas à lui seul notre puissance d'expression, ce besoin de s'époitriner.

Nous parlions fort par nécessité, rapport au raffut des zincs de Roissy. Notre beau ciel habité non-stop par des décollages, des atterrissages, nos cumulus au kérosène, nos nimbus crevés de cockpits composaient une bande-son inlassable, éreintante, un taux de décibels à vous rétamer les esgourdes. Inutile de hurler quand ça décolle. Extinction des cordes vocales et basta ! Élémentaire. Donc, soit nous articulions sans voix en lisant sur les lèvres de l'interlocuteur aux zygomatiques expressifs dans un silence de muets qui se montraient toutes leurs dents, soit il fallait gueuler fort pour dégourdir les cordes vocales.

On affectionnait les tournures bizarres, nées de l'usage que l'on n'apprend pas à l'école, celles qui sortent toutes seules, libres, sans complexe, quoi ! Le verbe « faire » est épatant. Il s'envole par-dessus les histoires compliquées à raconter, il aide à passer le récif des explications touffues, un vrai tremplin : « Alors, il m'a fait… et moi, illico, tu me connais, je lui fais… Du coup, il me fait. » Partout, à toutes les sauces, la fée du fait, plus douce que « il me dit » utilisé surtout comme ponctuation aiguë, motif pointu. Mais attention, des règles sévères sous-tendaient tout cela, pas un joyeux bordel échevelé mal manié par des illettrés. Nos phrases s'empirouettaient finement dans une proposition rejetée en final, élégante, racée, un « avec », un « dessus » qui clouait le bec.

– Alors, ime fait : okupe-toi de ce ki te regarde. Et puis, le voilà ki se met à me gueuler dessus !

– Ki c'est ki t'a gueulé dessus ?

– La personne ke je te parle !

– KungFu ?

– Oui.

– K'est-ce ke tu y avais demandé ?

– J'y avais demandé si il kouchait avek.

– Bien sûr k'il kouche avek !

– N'empêche, ça y a pas plu…

Les « que » fonctionnaient comme des élastiques, des lianes au-dessus de la jungle d'une histoire embroussaillée, toc, on s'accrochait à un « qui », et, par un miracle linguistique, la première information perdue au loin se trouvait ramenée en première ligne et qu'on se la relançait en boomerang pour la clarté du message. Un peu compliqué mais de l'effet, ces « k » qui syncopaient et cadençaient les phrases. Parfois, un démon de la précision entravait le récit : « Jeudi ? Tu es sûr ? C'était pas plutôt mardi ? Non, parce que, j'y repense, mardi c'était le jour où… » Là, c'était pénible. Envie de claquer le bec d'un :

– Jeudi ou pas, on s'en fout ! Raconte !

C'est un fait, le français, c'est pas de la tarte. Notre sens de l'ellipse et de la concision s'affichait dans un rapide « et tout ça ! » pour éviter des kyrielles de détails aussi inutiles qu'évidents.

– Christine et Jacky ? Mardi, ils sont partis à la mer, et Xavier avec ! Au camping, avec le soleil, la mer, le sable et tout quoi !

Voilà : un petit bout de conversation bien simple, sans faute, correctement mis, eh bien ça y était ! Dénoncés ! Estampillés « ploucs ». Vite fait. Avec les mots, pas possible de se planquer. Plantés ! Culs nus, ces deux-là qui se causent à pleine gueulée des fois qu'on rate un mot entre les avions. Ils sont bien du cru, affirmatif, quand bien même le cru n'est pas jobard. C'est comme les Anglais qui gardent toujours un brin d'accent, même des Birkin installées en France depuis des lustres. Rien qu'avec un « bonjour », d'emblée on entend qu'elle n'est pas de chez nous. Pour nous, même topo : on sonnait « Français défavorisés », inculture tragique des porte-monnaie dévalisés.

Parfois, des tournures restaient coincées, des liaisons qui ne se faisaient pas, des « dont » impossibles à placer, trucs ingérables, finasseries de grammairiens vicieux. D'ailleurs, quand on s'essayait à en placer un pour décorer un peu, un de ces foutus « dont », on entendait bien qu'il était mal mis. Une fausse note. Un mauvais genre... Qui voulait-il donc snober, ce clown-là, avec son « dont » ? Qu'est-ce qu'il avait à prouver, l'autre couillon ? Il ne pouvait pas parler comme d'habitude ? C'était pire. Faut pas jouer les bourges quand on n'a pas le mode d'emploi en main. Mieux vaut laisser tomber, laisser à César ce qui est à lui, y compris le « dont » pas calibré pour nous. Et les liaisons, quel pathos ! Entre « il va au boucher » ou « il va-z-au boucher », un vaste panoramique de « a » à « z ». Il faut une vision microscopique de la grammaire pour trouver le bon joint. Sans quoi, des petites lésions de liaisons, crac, comme des taches, des mouchetures cradocs sur un pull-over, et on a beau mettre une veste pour les cacher, ça se voit encore. Et les verbes infernaux, les sataniques ! Prenons « s'asseoir » ou « voir » ! Des profondeurs de catacombes derrière ces actions quotidiennes. D'« assieds » en « asseyasse », de « voye » en « visse », on n'en sort pas de ceux-là. Les oubliettes. Hop, ni une ni deux, à la trappe, nous avions opté pour l'âpreté du « s'assir » et merde si c'était pas le bon. Au suivant.

– Laisse-le donc s'assir tranquille qu'il boive son coup à l'aise !

Les « parseke », les « parseki », véritables ouvre-boîtes, permettaient de passer partout sans se casser la tête, « Parseke ki sai ki ta ? » ou « Sai ki ki ta dit ça ? », « Kai-ce ke-ta ? » et si ça sonne perroquet, plouc !

N'empêche, en écoutant la bonne langue de la télé, on n'arrivait pas à l'imiter bien longtemps. Un talent ! Pivot nous faisait bien rigoler avec ses concours de monstruosités. Quand des boutonneux venus de toute la France gagnaient des piles de dictionnaires, on zappait. Pendant cinq minutes, on répétait certaines formules pas piquées de vers et puis on les oubliait sous sa déferlante de phrases policées. Châtiées.

Cette façon de foutre du coton dans les phrases, des mots à tout casser qui déboulaient comme ça, se ribouldingaient l'air de rien, clingcling, météorites princières, et des phrases qui coulaient et qui coulaient comme des ruisseaux d'inconscience, sans fin, pas de gêne, pas de trou, pas de répétition, des liaisons à tout casser, admirables, un murmure, parvenir à parler sans même plus savoir par quoi on a commencé ! Emballé, pesé, empaqueté, ruban doré, avalez-vous ça ! On l'écoutait, la langue des autres, des journaux, des « étrangers », on le comprenait très bien, leur français nickel. Seulement, entre nous, on se jouait une autre ritournelle.

C'était notre vrai mur du son : les mots. Nous, on restait debout d'un côté de la muraille. On ne passait pas les mots. Pas se leurrer.

Le seul hic, en final, c'était quand il fallait se présenter aux administrations, ou devant un toubib, ou pour un taf. Une ou deux fois par mois, ma mère – Paulette – devait jouer Pivot devant l'assistante sociale et ce n'était pas drôle. Des enjeux à la clé ! Les sous du mois. Pas déconner... Au départ, Madame Paulette Pie, pour éviter de s'égarer dans les barbelés de la syntaxe, faisait tellement gaffe à sa diction, surveillait si bien chaque phrase, que, du coup, elle n'osait plus parler. C'était très inhabituel. Entre nous, au Vieux Pays, à Lousseville, elle n'avait pas de complexe et pas de concurrence ! Ça non. Une grande gueule mémorable, la figure de proue du patelin, les mains sur ses hanches larges, les seins bombés au vent, la gorge chaude, les joues couperosées, et attention ! Ça fusait, elle disait ce qu'elle pensait, « chacun en aura pour son grade, t'inquiète, il n'y aura pas de jaloux ! » Pas de faux culseries. Du coffre. Mais, là, assise sur une chaise en plastique orange au milieu des murs tapissés de moquette marron, devant une immense plage à palmiers en photo panoramique gondolée aux coins, face à une dame à chemisier et bagues à brillant unique crocheté par quatre petites griffes mauvaises, La Pie se prenait un air buté. Silencieuse. La ride entre les sourcils était très creusée. On aurait dit une déficiente. D'ailleurs, la femme au diamant solitaire lui parlait en conséquence.

– Dès que vous aurez reçu le papier jaune, vous nous renvoyez le papier rose, madame Pie. Le rose !

– Je sais lire !

– Ce n'est pas ce que je voulais dire !

– J'aurais cru.

Ma mère était épatante. Elle avait un sens de la repartie qui me délectait ! Ravie, le nez dans ma poupée Barbie, j'attendais la suite. Chaque mois, ça éclatait. Passé les dix premières minutes, La Pie ne se contenait plus. Quitte à sonner pauvre, autant le brailler, et en faire une fierté, et puis crotte ! Fini le silence des intros timides, on ouvre grand les vannes.

– C'est sérieux, mes allocations. J'ai deux gosses qui mangent dessus, ma Princesse et mon fils qui est handicapé... Sans compter que je suis seule pour les élever. Si son beau salaud de père ne s'était pas fait la malle, j'en serais pas là ! À perdre une matinée au milieu de vos palmiers... Si vous croyez que ça m'amuse ! Moi, c'est pas dans ma nature de demander. Si je pouvais, je vous le rendrais, votre fric ! Au centime près. On ne fait pas l'aumône dans la famille.

– Personne n'a dit ça, madame Pie ! Calmez-vous... Je ne suis pas sourde !

– Je suis calme ! J'aurais déjà eu le temps de passer à l'ANPE chercher un travail au lieu d'attendre ici.

– Il y a d'autres gens derrière qui attendent eux aussi. Chacun son tour.

– Justement ! Si je suis là, c'est que je ne l'ai pas eu, mon tour d'allocations. Comment je vais faire, hein ? Sans mes deux mille francs ? Comment ?

– J'entends bien, madame Pie, j'entends bien. Écoutez-moi, pour une fois.

– Ce qu'il ne faut pas entendre, Réjane ! Qu'elle est là à me hurler dessus depuis une heure que je suis calme ! Qui c'est qui va le payer, le crédit de l'accordéon de Réjane ? Qui ?

– Taisez-vous et écoutez si vous voulez être vite payée. C'est pas moi qui me suis trompée !

– ... Ça fait une somme, son « Bambino Nouveauté »...

– N'oubliez pas, renvoyez-nous le Rose, le ROSE !

– ... de chez Fratelli Crosio. Sans compter les cours qui vont avec...

– Et pas le BLEU... comme le mois dernier...

La Pie sembla d'un coup ravaler sa tirade comme une bouchée dure à passer. Elle ne se serait pas trompée de couleur tout de même ! Par retour de timidité, peur de se faire repérer – même si c'était déjà fait –, elle pinaillait. Il n'y avait plus qu'un but au fond de ses yeux noisette : le chèque. Fallait repartir avec. La seule chose qui comptait.

– Et... quand ? Je veux dire, quand je le recevrai, votre « prospectus », comme on dit...

J'adorais son « comme on dit », qui, élégamment, dit que ça ne se dit pas. Elle gardait les yeux baissés sur le solitaire griffu.

– Dans deux semaines... Au moins.

– Comment je vais faire pour mes deux mille francs ?

– Ça, ça ne dépend pas de moi. Pas avant dix jours.

– ...

– C'est pas moi qui décide. Il faut reprendre votre dossier ! Le rose, souvenez-vous, le ROSE !

Au retour, sur la mobylette grise, les mains ancrées aux poignées recouvertes de plastique à rayures « antidérapage mains moites », là elle laisse parler sa colère, sa honte, son humiliation, je le sais. Moi sur le porte-bagages, assise dans mon petit siège en ferraille magouillé par le Gros Maurice, j'entends des bribes de mots mutilés sortir de dessous son casque – bille orange avec des autocollants, un Marlboro, l'autre Sony. Je m'accroche à sa taille. Aux fesses, juste au-dessus des gros ressorts huileux, le tissu de sa jupe est si tendu que les coutures se dilatent. Un jour, ça va craquer. Aussi sûr que l'odeur de champignon qui monte des champs pour annoncer l'hiver, les arbres déplumés et l'autoroute qui crève l'horizon, là-bas. Un gros corbeau rigole contre le ciel. Le vent dans les cheveux, je me laisse glisser en arrière, contre le dossier, grisée de vitesse et de colère en rose, « Rose, je t'en foutrais à cette connasse ». Le moteur chauffe mes pieds et vrombit comme un gros insecte en colère, lui aussi au bord de l'explose. Nous rentrons à la maison, enfin au squat, bref chez nous, nulle part, pas à la ville, plus à la campagne, pas la banlieue. Les herbes grignotent le macadam par endroits, je ferme les yeux. Je les rouvre au niveau des deux panneaux opposés : *Roissy* d'un côté, *Le Vieux Pays* de l'autre.

– Rose ! Je lui pisse à la raie ! C'est pas elle qui payerait des cours de solfège à sa fille ! Préfère s'acheter des sous-tifs en soie ! C'est pas sa fille qui sera médaillée reine du musette.

Une longue ligne droite bordée de maïs racornis défile sous des effluves de parfum brassés dans ses longs cheveux noirs striés de blanc qui viennent chatouiller mon nez. Je lève les yeux. Le ciel bas crache un énorme avion qui déboule droit sur nous. De la main, je fais bonjour aux passagers, aux étrangers harnachés sur leurs fauteuils à moquette depuis Tahiti. Bonjour ! Ça a son petit charme, Lousseville vu du ciel, non ? Sympathique, le panoramique sans l'acoustique. Douce France. Église, tuiles brunes moussues, sans oublier le petit ours bleu clair en fer rouillé, qui vend du Butagaz devant notre Spar moribond où ma mère tend un billet de cinq cents francs chaque mois : « Payez-vous, monsieur Spar. » Ils voient tout ça dans l'avion qui déplie son train arrière.

– Le rose, le rose ! C'est quoi leur administration ! Une loterie ? C'est celui-là que j'avais renvoyé...

L'odeur de champignon se mâtine de feux de bois, on approche. Un virage. Pof. Nos deux paires de fesses sursautent dans le nid-de-poule qui signale l'entrée officielle dans notre territoire. Ils ont oublié d'éteindre le lampadaire à l'entrée. La seconde à traverser cette flaque de lumière blanche, si triste en plein jour, je suis saoule, je ne sais plus la saison, l'heure du jour. J'ai faim. Il doit être midi.

2

N'empêche, entre nous, on parlait beaucoup avec nos petites phrases bien pensées, courtes, fortes et souvent féroces, histoire que tout le monde en profite de la joyeuse jactance même si un Boeing ravalait ses roues au-dessus des têtes. Il en faudrait plus pour nous faire taire ! Qu'on se le dise. On avait notre comique des mots, le Gros Maurice, un des squatters, notre voisin, ancien ingénieur salvateur. Pas son égal pour les branchements électriques sauvages. La hantise des sbires de l'EDF, et toujours poli avec ça. Il vivait là depuis cinq ans. Lui aimait l'humour finassé. Par exemple, il disait « un petit vin de derrière les fayots », ou « un goût de tiroir », ou « faire un traîneau », ou encore « j'en ai marre d'être votre bouc à mystères ». « Tu me passes le pain, si j' te plaît... » C'était léger, gentil comme registre de farces. À force, plus personne au Vieux Pays n'employait les vraies expressions détrônées par celles du Gros Maurice. Sa gloire.

– Tiens, ce soir il y a Haricot la Chiasse sur la Une. Moi je préfère Jules des Églises.

Ça m'a fait sourire des années et ce n'est pas fini. Increvables, comme les racines du passé.

Mon enfance est bourrée à bloc de souvenirs, des histoires pas possibles qui se remanient d'une maison à l'autre, des vraies, des fausses, en toc ou à 200 carats, qu'importe ! Les fils du pape en photo, au kiosque du Spar, à côté des tourniquets à cartes postales que personne n'achète jamais. L'enfant chauve-souris. Des assassinats qui éclaboussent les pages des journaux. Un gros bébé joufflu qui aurait 85 ans. Bagatelles ! On adore. Les malheurs de Monaco riment souvent avec les nôtres. Des siamoises enceintes, qu'est-ce qui va en sortir ? La grande lecture. Delon vient de se remarier en Suisse, en douce, « en Suisse » ! Thierry Termite fait des siennes… Merci, Maurice.

Au fur et à mesure que les rangs de nos stars se décimaient, un jeu s'était instauré gentiment, l'air de rien, pendant un temps. La règle était simple. Il s'agissait de diagnostiquer à l'avance quelle sera la star ou l'homme politique, ou la célébrité, enfin la perle du gotha qui viendra à calancher dans le mois à venir. On pariait. De fort mauvais goût, selon Monique Talon, notre historienne, la biographe officielle des familles Kennedy et Grimaldi, les sourcils redessinés avec un crayon mauve haut sur son front.

– Vous êtes pires que des prédateurs…

On sélectionnait dans son catalogue de célébrités – qu'elle appelait « sa famille », des centaines de photos découpées, avec dates de naissance, de mariage et antécédents médicaux – lequel, au sein de cette grande tribu, allait basculer dans la rubrique « Nos chers disparus ». Une bouteille de champagne pour le visionnaire. Si les causes du décès avaient pu être diagnostiquées, là, deux bouteilles de mousseux.

Il nous faut notre rinçade de malheurs pour tenir la route et supporter les nôtres. Maurice avait prévu l'infarctus de Montand. Pas nous.

– J'ai gagné ! J'ai gagné !

– Qu'est-ce qui te prend, Maurice ?

– À la radio… Ils viennent de le dire… J'ai gagné ! Il est mort.

– Qui ?

– Comme j'avais dit ! Infarctus !

– Mais qui ?

– Montand.

Pas possible ! Effroyable ! Injustice. Horreur. Infamie de la vie. Et lui qui avait encore un mouflet à élever… Comment qu'elle va faire, celle qui reste toute seule, la dernière… Pauvre gosse. De toute façon, ça clochait depuis le départ de Simone. Si, si. Montand n'a pas pu tenir sans elle. Il a fini par la rejoindre, c'est tout vu ! Même Marilyn, il l'avait quittée pour revenir à sa Simone, et pourtant, peu d'hommes auraient fait ce choix-là ! Marilyn aussi en est morte ! Tragique émoi… Ma mère en reste coite. Encore bel homme. Quel gâchis. Mon Dieu !

– Qu'est-ce qu'il vient foutre là, ton Bon Dieu ! S'il existait, il l'aurait pas fait mourir avec un enfant en bas âge ! rétorque Christine.

La Pie inspire longuement, à petits traits, pour préparer sa réponse et bien signifier que, dans le domaine céleste, aucune colère, agacement ou mouvement d'humeur ne peut l'atteindre. Elle fait son sourire des Enfants du Bon Dieu vous saluent bien bas. Christine relance une banderille pour l'aiguillonner.

– Je te jure, Paulette, ça te va mal de parler de Dieu avec la vie qu'il t'a fait mener, ce qu'il t'a fait voir !

– Ma petite Christine, sache que si le Bon Dieu me croisait demain sur un trottoir, il me dirait : Continue comme ça, ma petite Paulette !

Christine n'était pas convaincue ; ma mère allait donc ressortir l'exemple millénaire de La Vache qui Rit, fromage qui, en plus de ses fonctions nutritives et distractives – les colles imprimées à l'intérieur de l'emballage des mini-cubes pour apéritif –, avait valeur éducative et spirituelle. Je connaissais l'argumentation par cœur, Christine aussi. Aux imbéciles qui doutaient de l'existence flagrante de Mon Dieu, La Vache qui Rit permettait à La Pie d'illustrer sa métaphysique. Simple. La mise en abyme, et que ça s'enchâsse à l'infini, les boucles d'oreilles reproduisent exactement la même vache avec la même expression d'hilarité et les mêmes boucles d'oreilles en médaillons, et, en se creusant les yeux sur le médaillon, en sortant la loupe pour déchiffrer les minuscules pendeloques, on devine, dans un embrouillamini rouge, la même vache qui rit aussi en beaucoup plus petit, portant les mêmes rikiki pendentifs, où, avec un microscope, etc., etc. Bref, ça plonge, ça tourbillonne la tête à l'infini. Voilà le grand mot lâché. Comme un fauve ce mot-là. L'infini dans un farfouillis publicitaire ou sous l'optique d'un stéthoscope planétaire, pareil, il y aurait encore des vaches infinitésimales à rire en microbes invisibles.

– Et Dieu là-dedans !

– Simple.

Pour l'être humain, ce serait pareil. Car qui a dessiné la première Vache qui Rit ? Qui ?

– Un dessinateur.

Christine est fille mère. Elle a un CAP de couturière et vient d'une famille d'ouvriers. C'est là que le bât blesse. Ils lui ont gâté l'esprit, ses cocos de parents. Elle est infichue de comprendre l'évidence. Car enfin, c'est là que Mon Dieu est intervenu, là, bon sang ! au départ de la chaîne, et le final, la grosse étiquette du fromage familial, eh bien, ce ne serait qu'une image, un symbole, enfin une représentation, quoi, de la création de l'Homme.

– Je ne vois toujours pas le rapport.

– Ben merde ! Prends la poule et l'œuf, tu arriveras à la même conclusion.

Les suicides sont imprévisibles ; ils fâchent Mon Dieu et bouleversent La Pie. Dans le temps, Dalida y récolta une sympathie *post mortem*. Plus récemment, Béré, en déjouant les pronostics, nous laissa sur le carreau sans un gagnant. Une bonne bouille, cet homme-là ! Qu'est-ce qu'ils avaient bien pu lui faire comme vacheries, dire comme menteries sur son dos pour qu'il se flingue comme un lapin ! Pauvre garçon. Dans son mot d'adieu, il a écrit « Pardon ». Ce « pardon », il l'adresse à nous aussi, « pardon, je n'en puis plus ! » à nous les minables, les crasseux, les squatters de Lousseville. Du coup, il recueille tous nos suffrages, cet homme intègre. C'est décidé, pour les élections, on ne votera que Béré, l'homme politique de la décennie, et merde aux autres. Ça leur fera une leçon. Ils avaient qu'à apprendre à respecter.

Bref, en actualité, on est fortiches. Pas crétins, on sait bien que c'est moitié bobard, mais qu'importe. Il y a tout de même un petit peu de vrai au fond de ce marigot, et nous, on se reflète dans leurs miroirs tachés de grandes débines. Somme toute, on ne s'en tire pas plus mal. En plus, qui ça intéresse, la vraie vérité sur ces grandes affaires, hein ? Franchement ? Personne. Tout le monde s'en tape, ça fait des passerelles de conversations, des occasions de causer quand l'inspiration est en berne.

La vie, il y a du bon, du mauvais, blanc bonnet-bonnet blanc, mieux vaut « un tout seul que deux mal assortis », Rainier parmi nous, « L'unijambiste assassine toute sa famille à coups de hachoir », horreur ! ça roule. La preuve ? Tonton lui aussi a eu son cancer mal placé – à noter qu'il était hors jeu pour nos paris, exempté de droit prémonitoire au même titre que l'Abbé Pierre et Charles Trenet, datations et pronostics trop faciles, on compatit. Faut pas être rosse. Un homme comme les autres.

– Comment tu crois qu'il fait caca, l'Abbé ? Comme Catherine Deneuve, tiens, pardi ! Cette affaire !

– Dis-moi, Monique, Rainier, ça lui fait quel âge maintenant ?

– Attends... C'était son anniversaire le 22... Il est de 1920, comme Maurice... Ouhhh ! Déjà 76 ! Ça passe.

– Tu as vu ? Ils disent qu'il va abdiquer.

– Attends de voir... Laisse causer... Depuis le temps qu'ils nous le disent ! Solide comme un roc ! Il en a vu d'autres... Quand Grace est morte, là, j'ai eu peur pour lui. Un vrai coup dur... Sans compter les conneries de sa Stéphanie. Elle lui en a fait voir, cette gosse-là ! Maintenant qu'elle a la bague au doigt et un petit pantin dans le tiroir, elle va bien finir par se calmer.

– Oui… si on repense à la fille de Cochon…

– Ça… Je préfère ne rien dire. Que veux-tu, il faut que jeunesse se passe.

Et crac, dans un beau virage à 90°, on enchaînait sur un de notre tribu, un bien à nous. Car, dans le fond, tous pareils !

Pour preuve de notre incommensurable égalité, on avait les mêmes horoscopes que les riches, les astres ne faisaient pas la différence. Les misères non plus. Les mêmes miasmes parcouraient la terre à pas de microbes, s'infiltraient dans des alvéoles pulmonaires, saccageaient de par le monde dans les profondeurs du foie ou la vigueur des artères.

Les étoiles, c'était plutôt le rayon de La Pie. Elle suivait ça de très près, surtout depuis ma naissance. Toute une constellation à faire déboulonner les astrologues, Mercure à gauche, Saturne à droite, cette fameuse nuit-là… Plus les yeux rouges. Je suis née avec un regard d'albinos débutant.

– Toutes les infirmières venaient te voir. Un effet, tes yeux rouges ! Épatant !

Résultat ? Victoire assurée sur tous les fronts. Une géante myriade de voies lactées penchée sur mon berceau, moi la rédemptrice des foireux, la future accordéoniste étoile – va sans dire –, olympique « oreille absolue », génétique, mathématique, irréfutable, Yvette Horner, médaillée d'or, maisons du ciel, décans, ça se confirme, un coup de volant vers Jupiter, une goutte de Vénus, je serai star du piano à bretelles ! La preuve ? On vient de changer mon Bambino Nouveauté 3 rangées, 34 touches, 60 basses et 2 voix, rose doré sur tranche avec des étoiles et le nom de fabricant, Fratelli Crosio, écrit en volume et de travers. Je tricote mon destin avec des touches nacrées, des claviers, dextérité, doigté. Le poumon du soufflet.

Mon Bambino, je l'avais depuis mes cinq ans. C'est dire que je le connaissais. Par cœur. Il a fallu le revendre pour acheter le nouveau – 11 520 francs à crédit – celui-là qui m'arrache les épaules et panique mes doigts : 4 rangées, 60 touches, 80 basses et 4 voix couvre-notes chromé. Rien que ça ! Une foutue différence. Sans compter le poids. Et la taille. Pour la couleur, il est noir à paillettes. L'élégance. Quand je joue, il m'habille en entier. Ma tête dépasse en haut au niveau du menton et on voit mes chaussettes qui battent la mesure par en dessous. Je vais grandir. Le Gros Maurice l'appelle « ma cabine d'essayage », que je pourrais donner un concert à poil, on n'y verrait rien. Debout, je pianote au niveau de mes côtes, descends jusqu'aux hanches et il me faut toute l'envergure des biceps pour écarter le soufflet. Honnêtement, j'ai du mal à m'y faire, au Menuet Nouveauté. Je regrette mon Bambino mais Monsieur Mario Nucci dit que c'est normal, c'est comme de changer de voiture. Il faut un temps d'adaptation. Après, vers mes quinze ans, si tout va bien, j'aurai le Junior Luxe – deux registres – mais c'est une autre paire de manches.

En attendant, La Pie a tout présagé. Omniscience. Mes yeux pailletés confirmeraient… Maintenant, il fallait voir… Après quatre ans d'accordéon, je venais de rater d'un poil le premier prix à la Nuit des Juniors d'Enghien. En bus, on y était allé. Avec Monsieur Nucci. Ma mère a dit que c'était la faute à un coup de Scorpion, un horoscope mal luné pour ce grand jour, on aurait dû porter plainte.

– Joue-nous ta dernière musette. Montre-z-y donc.

– C'est fou ce qu'ils tricotent, ses petits doigts ! Regarde-moi ça ! C'est plus dur que faire dactylo, il y a plus de touches. Et puis elle peut pas jeter un œil pour s'y retrouver quand ça coince !

– Il n'y a qu'elle pour s'y retrouver comme ça.

– Tiens, ça va être l'heure du Concorde.

– Il est déjà 25 ?

Absolument. 11 h 25, c'est son heure. Le seul avion qui nous intéresse encore, deux fois par jour. Les autres, on ne fait plus attention. Un silence pré-catastrophe nucléaire monte derrière les toits, les tuiles vibrent. Un volcan quotidien gronde, entre en ébullition, le Concorde met les gommes derrière chez le Gros Maurice. Ça y est… Il va bondir, le bruit embrase la terre entière, le ciel tremble. Vrouuumm ! Du quatre milliards de décibels, le Tchernobyl s'élance. Par-dessus les lucarnes, chaque jour apparaît son grand nez fuselé. Pas même le temps d'avoir un torticolis que déjà il est parti vers l'autre coin de l'hémisphère. Les feuilles se remettent à vibrer, le ciel se recoud, le bruit s'éteint sur l'Amérique.

3

Le Vieux Pays, les années damnées de la belle jeunesse, la chienlit tenace, le passé qui grouille même de très loin, eh bien, au départ, c'était plutôt joyeux. La petite Reine de cette communauté, la Princesse, c'était moi, Réjane, et mon copain, Xavier – le fils de Christine – portrait tout craché de Cric Douglas au même âge, affirmait Monique Talon, le long de la rue Brûlée.

Mais il faut le cadre pour comprendre l'unicité de cette étrange affaire. Toutes les maisons étaient fermées depuis dix ou vingt ans, barricadées, murées, parpaings aux fenêtres, toits crevés, portes cadenassées, mobylettes désossées et portes de bagnoles dans les orties. Une ambiance ! Il ne subsistait qu'un seul commerçant, le Spar fourre-tout, mais plus un bistrot ni un boucher. C'est le gros Carrefour et le Super U qui nous ponctionnaient nos sous. Derrière les tristes murs, les façades faussement éteintes, la rue déserte, au fond des cours embarrassées de monticules infects, détritus, carcasses enferraillées, restes de frigos, moteurs étripés, poules butinant entre deux chaises en formica rose, chats se faisant les griffes sur un bout de vieux canapé à ramages détrempé par la pluie, eh bien, il y en avait du monde ! Tous en planque.

Une merveilleuse famille rotative composée de squatters, de RMIstes, de paumés, de SDF, principalement des vieux, sans ressources, sans le sou, parfois des mères célibataires en migration, petite halte à Lousseville, dans la verdure, au grand air, et aussi des loques incrustées comme d'affreux bigorneaux sur notre fier radeau. Tous présents. Et avec ça, un système huilé comme un beignet qui consistait à répartir sur une dizaine de squats un « turn over » des foireux, avec numéros d'urgence, S.O.S. casbah. Des différences énormes au sein de notre ramassis entre les mis au rebut empesés de tristesse et d'alcool, les plantés en solo, les femmes enceintes, les tout tout vieux souvent amenés par deux, ceux qui, au moins, avaient réussi à se trouver dans notre vaste monde, à s'unir, à ne plus se lâcher, se remonter les béquilles en couples indélébiles, comme Nénette et René, fruits trop mûrs et frileux d'une fin de siècle remarquable.

Et qui tenait le centre de cette belle mosaïque ? La proue du navire, les rames de la grande galère ? Nous. Nous, c'est-à-dire la famille Pie, réduite à trois personnes sur le tard même si La Pie avait beaucoup enfanté dans le temps, « sept d'un coup », et moi la dernière, « Ma Princesse, ma Poufiasse », miracle débarqué quand sonnaient ses 45 ans, un soir d'étoiles filantes, avec mon nouveau piano à bretelles pour mes neuf ans, et que tout le monde a participé pour le chèque. Sans exception !

– Dis merci, n'oublie pas ! Surtout Nénette et René, c'est eux qui ont le plus donné.

Les imbéciles bien logés, avec boulots et bagnoles, les richards, les herbivores nantis, ceux-là nous fuyaient de peur que notre misère ne soit contagieuse et vienne leur sauter en pleine face, une puce assoiffée de fraîcheur. Pourtant, ils n'avaient rien à craindre. Ce tampon-là était bien à nous, imprimé profondément sur nos visages, nos silhouettes. Des relents de bitures dans notre cour des miracles. Notre Principauté. Canettes de bière. Verres cassés.

- Fais attention à tes mains… Ne va pas te couper un doigt.

Oh, pas forcément des gueules de Frankenstein – sauf Jacky, rapport à son passé de boxeur et sa cirrhose fluorescente –, pas de guenilles voltigeant sur des molletons velus. Non. Sobres. Juste quelques poux sportifs des plus discrets. La dignité, quoi.

« Milieu défavorisé », « Familles à problèmes », « Enfances déclassées », déchirées, grands perturbés, disent-ils, « Familles monoparentales », « Populations des quartiers en voie de réinsertion » (pour les optimistes), à la dérive, oui ! disons-le ! « Paupérisée », « Précarité », solidarité remarquable, suivez le guide, « Sous le seuil de la misère » (!), Vizirette lave plus blanc, Colgate antitartre et j'en passe, sans oublier le pompon, « Les nouveaux pauvres » qui raflait les lauriers de la bêtise aux informations ! Tous « assistés » ! Voilà notre belle tribu, « indésirables » au grand complet, l'Abbé Pierre en tête, on suivrait son gros béret à lunettes, en route avec notre berger pour un casse-croûte gratos aux Restos du cœur ! Saint Coluche (tiens, lui non plus n'était pas prévu dans nos paris funestes ! Foudroyant, le jour de sa mort quand je n'étais pas encore née). Foutaises, leurs conneries bien dites. Quant au vieux poilu à crucifix enroulé dans sa gandoura bleu marine, depuis 1954 qu'il faisait sa croisade, pour ce que ça avait changé ! Franchement. Foutaises, parfaitement ! Pitreries. Ce qu'on le détestait, leur jargon à la con, honteusement pudique, la ritournelle qui agitait ses grelots de niaiseries, cling-cling, surtout quand le thermomètre baissait. Les « mal-entendants » pour les sourdingues ! Les « auxiliaires de services » pour bonniches récure-chiottes ! Mal-marchant pour fauteuil roulant, déficience moteur, béquilles, ça claudique, phlébites, varices ! Eczéma. On explose ! Mon cul. Et voilà que même les alcooliques – anonymes ou pas –, eux, les indétrônables au palmarès, ils étaient passés de mode. Pouf. Hors course. Fini. Une nouveauté venait de sortir et faisait un tabac dans les rangs.

– « Personnes ayant un problème avec l'alcool. » Qu'est-ce qu'ils ne vont pas chercher ! Pas mal pour rallonger le piccolo ! Il faut oser ! Dis, Maurice, tu ne l'aurais pas trouvée tout seul, celle-là !

– Non. Tiens à propos, tu connais l'histoire de la famille Tite-Goutte ?

– Non... Fais vite ! Je vois le genre.

– Voilà, ils ont quatre filles. La première, c'est Anne.

– Et alors ?

– Anne Tite-Goutte...

– Ouais... Continue toujours.

– Bon. La deuxième s'appelle Corinne...

– Attends voir... core une Tite-Goutte, Corinne Tite-Goutte ! Ha, là, c'est pas mal...

– La troisième, c'est Mélusine...

– Mélusine Tite-Goutte ! Mets-lui-z'une Tite-Goutte ! Ha c'est très bien. Et la dernière ?

– Justine.

– Juste-ine Tite-Goutte ! Bravo Maurice ! C'est de toi ?

– Oui ! On fait de son mieux !

Voilà, ça nous faisait rire de maison en maison, dans notre cul-de-sac cerné de routes qui ne le traversaient même pas. Cette histoire-là, exceptionnellement, je l'avais comprise. L'amertume créait des connivences.

Donc, entre « personnes à problèmes », ça chauffait sec, des baisers, des engueulos terribles, des incompatibilités d'humeur, de la chaleur béton mieux que tous les Butagaz magouillés, les raccords EDF top secret, les canalisations détournées par feu Gégène : son grand œuvre, l'eau qu'il savait faire couler gratos. Des télés qui marchent. Absolument. On ne va pas se gêner ! Plus récemment, des magnétoscopes gratos. Faucheries mystérieuses, la filière de KungFu, on se refile les vidéos. Cinéphiles ! on ne va pas se laisser crever comme ça. Pas des bêtes. Plus au Moyen Âge, ne leur en déplaise !

J'avais des pères de rechange, des paternels recyclables, jetables, au choix, une panoplie, et le Gros Maurice me fabriquait des petits meubles pour mes poupées Barbie en collant des allumettes joliment repeintes : table, chaises et coiffeuse avec un miroir. Pour mes cinq ans, il était parvenu, avec des petites ampoules rouges et vertes spéciales sapin de Noël, à mettre l'électricité clignotante dans ma maison de poupées. Une splendeur. Et les copains en rab, comme KungFu qui nous ressortait son laïus du métro, à l'époque où il éclusait la ligne n° 1.

« Mesdames, Messieurs… m'excuse de vous déranger… si-je-passe-pas-par-parmi-amis vous… (broummm, je me chargeais de la bande son, le métro traçant dans le noir, vroumm… J'imaginais, je n'avais jamais mis les pieds là-dedans), pas devenir voleur… gardermadi-gnité-mapropreté. J'ai perdu mon emploi de boulot-boulange-langer, ranger et… (Droooounmm… les portes… Couic… ça repart…) nourrir ma petite fille de deux ans ! Si vous avez une pièce, même juste une pièce de dix francs, ou un Ticket-Restaurant, je vous en remercie d'avance et… étudier toutes propositions d'emploi et bonne année, vrouum, surtout-tout la santé, et merci-si d'avance et bonne journée ! » À votre bon cœur.

Ça nous explosait de rire, mon grand frère Lloyd Thomas Pie – dit Tom Pouce, rapport à sa taille – et moi, son discours appris par cœur.

– Et ils donnaient, les cons ! des 300 balles par jour quand je faisais la manche avec mon chien, Blottu.

Seule ma mère n'était pas sensible aux ex-combines de KungFu et trouvait scandaleux qu'il ait osé s'inventer une « petite fille de deux ans ». La différence de générations, peut-être.

– Tu n'as qu'à y retourner, dans ton RER, avec tes McDonald's et tes Ticket Restaurant ! Crapule ! C'est des petits cons comme toi qui nous font une mauvaise réputation…

KungFu et ses potes mis à part, pièces rapportées au puzzle de Lousseville, l'entraide restait le mot clé entre les vieux piliers. Que dire.

Disons que chacun a son chez-soi. Sacré. On ne vit pas comme des « communistes », non, non. Mais on sait où en sont les autres. Question d'humanité. Chaque jour, on se renseigne, si Maurice a touché son RMI, si Cochon va faire un tour à Carrefour, qu'on profite de la Mercedes, si KungFu est en tôle ou de sortie, si René et Nénette ont besoin d'une recharge de gaz, quelle est la meilleure vidéo du dernier lot, nos deux mille francs sont-ils tombés grâce à l'imprimé rose et bleu, si j'arrive à tenir les premières mesures du *Vol du bourdon,* si Tom a récupéré de sa dernière biture, quelle caisse il s'est prise !

– Il n'y va pas avec le dos de la cuillère, ton fils ! dit Monique.

– Comme un homme ! C'est pas parce qu'il est handicapé. Faut pas croire. Il sait tenir comme un homme à la bouteille, mon Tom Pouce ! Et pas qu'à la bouteille...

La Pie bombe les obus de ses seins pour mieux marteler le message. Monique Talon, de par ses accointances avec la haute, ses connivences Kennedy et compagnie, se comporte en vieille à part, pas une franche copine. Une distance.

C'est la faute aux retraités ; Monique avait été la Madone du gardiennage des résidences secondaires des vieux impeccables, cheveux violets et cravates, dans le temps, avec son bonhomme, Gilles. Deux étés consécutifs, ils étaient descendus « sur la côte », à deux pas de chez Caroline et Stéphanie, quand le système « S.O.S. Gardiennage pour Retraités en partance avec Animaux chérots à choyer » n'en était qu'à ses balbutiements, cette époque bénie dont elle gardait les stigmates avant que le règlement ne soit changé et qu'un extrait du casier soit demandé impérativement. Gilles avait un petit casier dépucelé, un trois fois rien de carabine à plomb remontant à l'époque des fêtes foraines, quand Monique et lui étaient propriétaires du plus grand camion de frites de la France. Du jour au lendemain, d'un mois d'août à l'autre, sans un mot d'excuse, ils s'étaient vu interdire « leur » villa de Menton et privés du privilège de garder deux chats persans dans les quinze pièces construites « quasiment sur la mer, là où on voyait l'horizon à perte de vue, c'est pas croyabb' jusqu'où tu peux voir le soir… Et les vagues qui claquaient derrière nos oreillers ». Toujours elle répétait son descriptif, et qu'au début les vagues l'empêchaient de dormir, le ressac, qu'on s'habitue plus facilement qu'aux avions.

– Ça l'a rendue à moitié barzingue, ces deux étés-là, murmurait La Pie. Tu comprends, c'était pas en rapport avec sa vie de tous les jours.

Un trop grand décalage de standing et voilà les neurones qui avaient morflé et Gilles qui avait trépassé.

Dans le squat de Monique, partout elle avait punaisé des photos de leur villa sous tous les angles, plein les murs, une pyramide de photos, architecture moderne, la piscine surtout, son Gilles avec un grand filet à la main pour repêcher les guêpes trempées de chlore ; elle en maillot à fleurs ; elle dans l'eau avec un bonnet ventousé de fleurs plastique ; lui pareil, sans bonnet de bain mais avec des fleurs sur son bermuda. Chaque pièce, chaque bibelot, ils l'avaient photographié, et la cheminée au linteau de travioque pour faire chic, des fleurs partout, bougainvilliers, azalées, cactus, elle nous montrait du doigt et donnait les noms.

– C'est quelque chose, la côte. C'est pas croyabb' ce qu'on était bien là-bas. On y serait bien morts tellement qu'on était bien. À l'aise.

À ce moment-là, il valait mieux s'enfuir car Monique continuait à faire la retape de Menton mieux qu'une agence immobilière, son menton commençait à trembler de souvenirs, et les trois salles de bains, et le ciel toujours bleu, la piscine timbre poste, là, tu vois, là, 250 mètres carrés, « j'étais encore jeune », et sur chaque photo soit elle posait les jambes croisées devant les feuilles d'un énorme cactus où ils avaient gravé leurs initiales emmêlées, soit l'ex-forain rentrait le ventre et montrait ses dents en or derrière d'immenses lunettes de soleil. Elle portait des robes à imprimés vivaces, certaines qu'elle sortait parfois en été mais maintenant toutes fanées.

Les motifs des robes de Monique que je retrouvais sur un coin de coussin – il ne faut rien jeter, tout peut servir – m'étaient aussi intimes que des vieux jouets. Pour un peu, moi aussi j'aurais été nostalgique de cette putain de côte d'Azur d'avant ma naissance qui la bourrait de sanglots. En me forçant, j'aurais pu l'accompagner pour pleurer. Je ne mettrai jamais les pieds à Menton. Ça vous cisaille une retraite de sortir de son rang pour assurer le confort de trois chats cramoisis, on retombe de trop haut, à cet âge-là, pas le ressort pour rebondir, les articulations sont raides, faut savoir rester dans son rang, pas se monter le ciboulot, me susurre La Pie à demi-mots secoués d'Airbus.

Nénette est sur le pas de sa porte. Nénette est quasiment ma grand-mère.

– Ça va, Nénette, aujourd'hui ?

– Pas fort. Le moral…

– Qu'est-ce qu'ils ont dit, hier, à la mairie ?

– Toujours pareil ! Ils vont bien finir par nous expulser un de ces quatre.

– Tu veux un camembert ?

– …

– Parce que j'en ai deux. Un qui va se perdre sans frigo…

– Oui, je veux bien.

Ma mère a un grand tact. Elle change le voltage de Nénette, la passe de 220 volts en 110 volts. Le coup du calendos marche tous les mois. Nénette cesse de s'inquiéter.

Comme ça, des petites choses au quotidien, jamais tout seul. Personne ne crève dans la solitude d'une mare de pisse, sur un quai de métro, les jambes repliées pour tenir allongé sur un banc. Impossible. On partage quand ça manque. Bouffetance ? C'est le rayon de René, le « compagnon » de Nénette. À longueur de journée, il fait pousser des poireaux, des énormes choux frisés dopés au kérosène, des patates qui tiennent le ventre. Ses bras dessinés de tatouages mauves ont fini par prendre la couleur brune de la terre. C'est ça qui l'a sorti des ornières, qui lui a redonné goût à la vie, René : la campagne. Il ne pourrait plus faire sans, affirme Nénette. La basse-cour de Christine fait les extra, un poulet par-ci, par-là, un canard réservé à l'avance, des dindes aussi, mais oui mais oui, et pas que pour Noël, parfois en plein été, allez hop, couic, on se farcit une oie ! Sans hésiter ! Voilà comment on est ! Pour les civets, on frôle l'overdose. Sur les grandes terres sans chasseurs de l'aéroport, en vingt ans, ils ont pullulé à l'extrême, les rongeurs dodus. Xavier, le fils de Christine, pose les collets et il y en a pour tout le monde, du civet. Même parfois, trop c'est trop. Vivement un steak.

On dort peut-être sans sommier, dans nos squats, mais les dessus-de-lit sont en fourrure de lapin et les couettes en duvet d'oie. Question de jugeote. Qu'est-ce qu'ils croient ? Ça ferait des tas de jaloux ? Tant mieux. Pas question de se geler tout seul. Quitte à peler, à se les cailler, on se pèle ensemble. L'hiver est long. On fait profiter, un bout de toit, un coin d'appentis, un verre de pinard, on ne va pas se laisser traiter « pire que des bêtes ». Ça, c'est notre expression préférée. On aurait pu faire imprimer des tee-shirts à nos armoiries « Pire que des bêtes », ils se seraient vendus comme des petits pains.

D'ailleurs, on en a, des bêtes, nous aussi. Un bestiaire, des petits confidents, des crocs d'enfer, des appétits du diable. Des chiens surtout, pour nous protéger. Notre CB. Ils préviennent. Ça évite les mauvaises surprises de l'EDF-GDF, de la DDASS, de la mairie, des PTT. Bref, ces trucs à initiales qui s'usent à vouloir nous éradiquer. Même la télé était venue pour les redevances des postes volés ! Faut le faire, comme culot ! des noises pour Canal + décrypté. Manque de pot, ils n'ont pas pu rentrer. Nos squats ont des ouvertures cachées, des parpaings dégommés sur les arrières ! Pas notre faute si on héberge des cracs au Vieux Pays ! Des ingénieurs, des types pleins d'études et de divorces, licenciements, chutes libres, sans parachute, dérapages fatals, échoués dans les filets verdoyants du Vieux Pays ! Pas des fainéants. Ils savent se servir de leurs dix doigts. On profite. C'est pas du vol. Et merde aux cons !

Pour la peine, on s'expanse, carrément, crac, on investit une nouvelle maison, on fait tache d'huile, arrivent des nouveaux, des intérimaires. Même à Paris, notre Lousseville commence à être reconnu, point de ralliement, une petite réputation, le Monaco des paumés, personne n'y crèvera.

Malgré l'amoncellement de soucis personnalisés que chacun tenait en attente à sa porte, on se débrouillait finement. Enfin, moi qui à l'époque n'avais pas besoin de clopes, de jaja ou d'essence, juste des leçons d'accordéon et le crédit du Menuet Nouveauté, ça allait. Les adultes, eux, étaient hantés par le matériel, le manque de fric, de blé, fauchés, moissonnés et « Qu'est-ce qu'on va devenir ? » Ça finissait par dessiner une constellation d'étoiles aux noms savants dans notre ciel déchiré par les réacteurs : Alloc, étoile du Nord ; RMI, Voie lactée ; ASSEDIC, éclipse ; HLM, étoile du Berger ; Restos du cœur, solidarité, CPAM, et sûrement un B.D. pour Bon Dieu derrière le rideau, un vieux sénile qui donnait les règles de ce jeu délirant en tirant des grands coups de ficelle au hasard de ses humeurs – papier rose, papier bleu. Sainte Dèche, notre patronne, elle au moins était bien là, fidèle. Ex-voto.

Par sa grâce, nous étions tous gentiment réunis au Vieux Pays, une parcelle de petit patelin, Lousseville, en fait un long bout de rue, la rue Brûlée, le tout construit droit en bout des pistes de Roissy. C'était le hic.

4

Il ne faut pas rêver. On ne peut pas avoir le beurre et l'argent du beurre, la peau de l'ours et les fesses dans l'eau tiède de Menton ! Si nous parvenions à squatter sans trop de pépins, c'était bien à cause de notre « nuisance », ce bel aéroport jailli des betteraves ! Une aubaine historique. Mais oui ! Salvateurs, les urbanistes maudits, les archis honnis ! Un grigri pour saint Roissy. Le malheur des uns fait le bonheur des autres. Affirmatif.

À l'époque de la construction, La Pie racontait que les maisons s'étaient vidées dare-dare, panique chez les péquenots 100 % pure souche, ceux ancrés là depuis Charlemagne et Childéric II – dit le Gros. Ils fuyaient le ciel crevé où pleuvaient des zincs. Trop tard. Impossible de dénicher un pigeon assez givré pour acheter leurs maisons hantées. Un bastion de résistants avait bien essayé de s'y maintenir, sur la terre de leurs ancêtres, de s'accoutumer aux vibrations telluriques des carreaux… Question de volonté, quand on veut on peut, et puis on s'habitue à tout, mais si, mais si, avec le temps… Quand leurs tympans apprenaient juste à s'anesthésier, la Cata a déboulé, « C » majuscule comme Concorde, le Coup de grâce du fleuron de la technologie française. Ça les a achevés. Sans commentaire. Azimutés de somnifères, les oreilles florissantes sous les effets dérisoires des dernières boules Quiès en vogue, barricadés derrière des doubles vitrages imbéciles, ils s'y faisaient de moins en moins, aux zincs, un toutes les deux minutes en moyenne, sans compter ceux qui survolent en attendant une piste les jours d'embouteillage, qui tournent, tournent en rase-mottes et rendent à moitié fou. Ça les insupportait. Refus d'obstacle.

D'abord ils avaient tenté des manifestations mémorables dans les labours : « Roissy ne passera pas », « Roissy ou moi », « La bourse ou la vie ? Non, Roissy ! » Des associations « Pour que vive le Vieux Pays », « Les Loussevillains tiendront ». Bref, un fatras qui, finalement, n'avait servi strictement à rien du tout. La faute aux « politiques ». Pas même un petit bout de reportage aux infos régionales. Une minute sur France 3... Rien. Que dalle. Ignorés. Fiasco. Eux aussi finirent donc par vendre comme les autres, bien obligés. Exode rural, épisode tragique, vendre ou se flinguer.

L'ancien boucher, M. Allimard, et sa femme, Claude, avaient préféré se pendre plutôt que de partir.

Immobilier en chute libre. Faites vos jeux, rien ne va plus. Heureusement pour eux, un gros client appelé ADP – ce qui veut dire Aéroports de Paris –, raflait tout sans faire la fine gueule. Les propriétaires fulminaient, qu'on les force à céder au rabais, mais ils n'avaient plus de choix. Guerre d'usure désespérée, l'Aéroport rachetait, maison après maison, bastion après bastion, dans le simple but de tout raser au final. Et pourquoi ? Pour ouvrir une nouvelle piste grise à ligne blanche qui accueillerait en son tarmac de nouveaux bolides ailés. Au bout de six mois, un gros paquet de vieux s'étaient dispersés au loin, carapatés dans d'autres provinces, des bouts de familles silencieux.

Au début – ma mère s'en souvenait –, des étrangers venaient en week-end se rincer l'œil du ventre de nos avions. Elle aurait dû leur faire payer le panorama, leur grand frisson, la bouche pleine de chips et l'Orangina à portée de main. Une distraction pour ceux qui habitaient dans les coins vides où l'on se meurt de silence et d'ennui. Mieux qu'au Salon du Bourget, un point de vue impayable sur les rivets des soutes à bagages ! Un dimanche, des historiens venus voir les avions et boire de l'Orangina étaient tombés en arrêt devant « le château », un manoir daté du XVIIe siècle au bout de la rue Brûlée, debout depuis ses trois siècles avec sa tourelle tordue et ses parquets pourris, abandonné aux matous pisse-vinaigre, aux hirondelles et abritant l'atelier de Lloyd Thomas. Merveille ! Attention ! Site à classer ! À protéger ! Balustres en péril ! Et de toute urgence, s'il vous plaît !

Déjà qu'on vivait dans une zone classée A sur l'échelle des bruits – c'est-à-dire le niveau sonore juste avant que les oreilles humaines n'explosent –, on se retrouvait étiquetés « zone historique », indestructible, inconstructible, chefs-d'œuvre en péril dans un périmètre de 500 mètres autour de l'antiquité moussue.

Une nouvelle guerre s'était alors engagée entre les Princes, les sommités historiques de la CNMHS contre le gros ADP. Un duel. Furax, le

Roissy privé de sa nouvelle piste. Crac, passée sous le nez, et à cause de quoi ! Une ruine ! Même restaurée, personne ne viendrait jamais la visiter (argument fort juste au demeurant). Gaspillage ! Et tout le pognon dépensé pour acheter ces trente maisons ? Qui allait rembourser le Roissy ? Interdiction de raser. Veto. Niet. Ah, c'est comme ça ! Parfait, tout sera muré. Étripage !

Ils ont commencé à se foutre sur la peau par parpaings interposés, circulaires ministérielles et autres magouilles qui ne nous concernaient plus du tout. Sauvés ! Que les grands s'entre-déchirent, tant mieux ! Les affaires des gendarmes s'en trouvaient affreusement embrouillées pour les procédures d'expulsion. Les procès changeaient de main, un coup Roissy nous chassait, un autre c'était la culture qu'on insupportait, des instructions pleines d'appendices, maître Bocson, juge de la cour des crabes, des plaignants qui valdinguent, TGI, TGV et, en final, ils se rencontraient au sommet une fois par an, tsoin-tsoin, cortège de voitures gris métallisé. Le temps qu'ils se garent, on est déjà tous planqués. Ils descendent la rue Brûlée au pas de charge, les mâchoires vissées avec des dossiers sous les bras et un cameraman courageux en éclaireur. Nos chiens nous ont prévenus, Blottu et Fax ont de la voix, on se carapate, on regarde par les fentes, nos petites meurtrières... Trois petits tours, ils se montrent les façades en fronçant des sourcils, des types prennent des notes, la caméra filme nos masures, reportage de guerre, et ils s'en vont. Encore un an de gagné !

Les choses étaient diaboliquement simples. Maisons respectablement murées, appartenant, au gré des gouvernements, tantôt à l'un, tantôt à l'autre, ils se chamaillaient la couvrante, Lousseville était un patelin libre.

Notre bonheur avait sa fissure, son exception pour confirmer la règle. Trois propriétaires, trois arsouilles bornés, enkystés, cinglés avaient refusé de vendre. Nos ennemis devant l'Éternel. Ces gens-là enrageaient, à l'autre bout de la France, de savoir leur maison chauffée en hiver, habitée de nos rires, sans qu'ils en perçoivent le moindre bénéfice. Des coriaces, des carnes, des qui ne meurent jamais et qui arrivent en grande pompe avec papiers tamponnés et flics. Ils nous trouvent « arrogants » – leur mot à eux. Et l'arrogance, à les entendre, serait la pire des tares. Arrogants et sales. On dégraderait leur patrimoine, dilapidateurs, la fange, des chancres, sales, assistés, « pire que des bêtes », racaille, gueux, pestilences, peuvent pas chier comme tout le monde !

– Quel gâchis… Si c'est pas dommage ! Ils ont coupé le rosier. Mais par où sont-ils rentrés ! Oh, François, regarde ce qu'ils ont fait de notre cuisine… Maman doit se retourner dans sa tombe… Quand je vois ça. Pire que des bêtes…

La bonniche en pleurniche. Le François nous insulte. Mais ces ordures oublient que, dans l'absolu, leur maison devrait être rasée ! Crac. Un grand trou. Une béance. Un ruban de macadam sur leurs précieux souvenirs.

– C'est pas croyabb'… Regarde, François, ils ont chié partout… Comment qu'ils peuvent tenir là-dedans… On se demande… Cette puanteur…

Ça, question de tenir, on tiendrait. Et comment donc ! Promis, juré-roté-pété-craché. Sûr et certain. Tant qu'il n'y aurait rien à payer, on tiendrait. Que faisions-nous de mal, nous, les « indésirables » ? La Pie se fâchait et expliquait patiemment.

– Vous devriez nous payer plutôt que de râler ! L'entretien, le gardiennage. Pas de quoi fouetter un chien ou chier une pendule. Il y a des propriétaires honnêtes qui payent des retraités pour qu'ils occupent leur résidence durant l'été… faire fuir les voleurs. Décourager les chapardeurs. Et pour nous, voilà la récompense !

– Viens, François, c'est pas des gens comme nous… Une autre race, une sale engeance… Ça prolifère comme des rats ! Pire que de la merde…

– Comment vous faites pour vous torcher le cul quand on coupe l'eau ? Hein ? Ça sert à rien des gogues quand il n'y a plus de chasse d'eau !

Bien dit ! J'ajoute un « Crotte de bouc et pince-toi le nez ! » pour faire bon poids. Xavier traduit : « Te-cro de keu-bi. » La mijaurée me regarde comme une simplette…

– Allons-y, François… Cette grosse truie et sa môme…

– Prout de cul et pisse au nez !

– Répondez-y, à la truie, voir ce qu'il y a dans vos tripes ? Cet hiver, ils nous ont tout coupé, les salauds de la mairie. Il n'y avait que le robinet du cimetière qui marchait encore. Il y a plus de respect pour l'arrosage des morts que pour les vivants. Deux kilomètres à pied, sans arrêt chercher de l'eau, des seaux, des brocs, des jerrycans… Demandez à mon fils Lloyd Thomas et à ma fille, Réjane, ce qu'ils ont fait tout l'hiver, deux fois par jour, trois fois même des fois ! Parce qu'on est propres, nous, madame. Propres sur nous, propres dans notre tête !

– Partons, François, partons... Pas de la même race...

– Et les avions, hein ? C'est pas vous qui avez fait l'effort d'adaptation. Ça rend maboule, ce bruit-là ! Une autre race...

Une autre race sûrement, un peu zarbi, des petits zombies qui n'avaient pas eu à faire ce douloureux effort « d'adaptation » que soulignait La Pie. Et puis quoi, ne l'oublions pas, j'y avais gagné « l'oreille absolue ».

Pour le bruit, moi j'y étais née dans la tourmente. Il y a bien des nichées de rats, pigeons ou moineaux éclos au bord des autoroutes ou dans le métro. Après, le pigeon, il bouge juste d'un petit centimètre, un entrechat pour éviter la roue, ça suffit, inutile de s'envoler, il a l'œil, il mesure le danger. Pareil pour nos lapins exemplaires qui hantaient les terres de Roissy. Déjà petits, ceux-là vagabondaient au tonnerre des avions. Leur déficience auditive ne les empêchait pas de conserver l'instinct intact et d'éviter les collets de Xavier. Des malins ! C'est simple, Xavier et moi étions comme eux.

Impossible de leur faire entendre raison. Question d'honneur, situation constipée, radio langues de putes, occlusion de l'immobilier. Un 747 vient calmer le débat.

Caser les gens dans les limites de l'immobilier local devenait du grand art, de plus en plus corsé avec les années. L'aigreur des trois propriétaires (« Partons, François, partons... »), combinée avec les finasseries de l'administration (papier rose... ROSE), était parvenue à quelques succès. Un palmarès grotesque qui ne leur rapportait rien mais dont ils se repaissaient, apaisés grâce au plaisir de faire mal à leur prochain.

Un matin du 21 mars gelé, jour officiel de l'ouverture du printemps – finie la gentille trêve de l'hiver –, les Marlois s'étaient fait virer du n° 22. Xavier, Christine, et la toute vieille.

– Lâches ! hurlait Maurice. Lâches ! Il n'y a même pas un homme pour les aider. Deux femmes et un enfant ! Lâches ! La presse en entendra parler !

Le soufre de la vendetta flambe sur le Vieux Pays. Ça déloge. Ça dératise. On nous a pris en exécration. La guerre purule comme une sale plaie sans cesse rouverte.

– Nous, on veut bien aider… Mais quand on leur en donne long comme la main, ils en veulent long comme le bras ! Et voilà le résultat ! De la merde plein la cuisine…

Et la propriétaire, qu'elle gueulait, gueulait aux oreilles des huissiers en exhibant son bras comme pour la saignée. Hop, à la rue, les Marlois. Deux flics font le cérémonial. Des crétins. Belle équipe. Deux ans de paperasses pour cette sinistre victoire. Trois hommes de la mairie en salopette vert fluo, des « auxiliaires de nettoyage », se mettent aussitôt à l'œuvre : l'un vide une pièce par la fenêtre, l'autre remplit une benne qu'un camion est venu déposer dans la cour, et le troisième, armé d'une truelle, empile des parpaings neufs aux fenêtres. Le chantier.

Ma mère et moi sommes dehors dans le froid, à regarder comme les autres, sauf Lloyd Thomas déjà au travail. La Pie me tient par la main, enroulée dans son immense châle à petits losanges crochetés qu'elle rallonge sans trêve. L'été, il fait couvre-lit ou rideau, l'hiver, robe de chambre.

Xavier – mon « fiancé » de deux ans mon aîné – sort du n° 22, ses treize ans courbés sous un matelas qui lui donne l'allure d'une monumentale tortue. Le spectacle me bouleverse. Les larmes me montent aux yeux sous ma chapka en peaux de lapin tannées par Lloyd Thomas. La Pie serre ma main plus fort.

– T'inquiète donc pas pour ton fiancé !

– Il devrait mettre les mains en l'air... S'ils lui tiraient dessus...

– Ah, toi ma Poufiasse, tu es trop drôle.

Et toc, elle se dirige droit vers un des deux flics en rigolant. Pour une fois que je parle, j'aurais mieux fait de me taire.

– Jean-Jacques ! Tu sais ce qu'elle vient de me dire, ma Réjane ?

Elle connaît donc la terre entière. Le Jean-Jacques écoute – La Pie est penchée dans son oreille rapport à un atterrissage – puis il se redresse en me souriant avec des beaux yeux. Sous le képi.

– C'est ta dernière ?

– Oui mon lapin !

– Ce qu'elle a grandi ! Elle est mignonne.

– Eh oui, le temps passe... mon lapin.

– Elle a changé... en très bien.

– Dis donc, Jean-Jacques, il ne tenait qu'à toi ! Au fait, comment elle va, ta femme ?

Le Lapin hausse les épaules. La Pie m'explique : un copain, un ancien fiancé. Un « païss » ! C'est pas eux, les méchants, ils ne feraient que leur boulot. Il faut bien gagner sa croûte. Pas de déshonneur, juste obéir à des ordres à la con, venus de haut, de ceux qui ne sont pas sur le terrain, ceux qui dirigent.

– Puisqu'ils prennent ça sur ce ton-là, on va leur en faire voir.

Ce que je vois me bouleverse, ces gens comme disséqués, pris en faute d'avoir des caisses à porter.

– Allez, t'inquiète donc pas ! Christine emménage au n° 14. Xavier sera plus près de toi. Bon, j'ai mon civet à préparer. Tu iras me chercher deux poireaux chez René quand ils auront fini… C'est pas que je m'ennuie, mais j'ai frisquette.

Les maçons-nettoyeurs œuvrent vite. Ils ont ambiancé le patelin glacé. Une heure plus tard, la maison est barricadée, un vrai dépôt de munitions, même une puce ne pourrait plus rentrer. Une forteresse après un bombardement. La benne à ordures déborde. Dès ce soir, avant que le ciment n'ait vraiment pris, Tom Pouce va pouvoir se dégourdir à la masse. Une habitude. Ça le défoule de dégommer, le grand frère. En attendant, les Marlois viennent s'installer à côté, au n° 14, une maison sympathique, trois pièces – sans compter le grenier –, récemment libérées par un SDF de passage, un Roland pas trop causant, une nuisance repartie vers les vendanges du Sud.

– Pas une grande perte celui-là ! Il n'a jamais voulu causer ! Tomber la culotte ! Il faut coopérer pour être de la famille. Il nous faisait une mauvaise réputation ce gars-là. Un camé… un glandu… Si, si…

Christine pousse la télé, calée dans le Caddie de supermarché spécial déménagements. Elle ne rigole pas.

– Bande de chiens ! Si j'avais un homme avec moi, ils n'auraient pas osé ! Chiens !

– Tu vas pas bien loin, tu as juste la rue à traverser ! répond Lapin.

Le Gros Maurice et René sont venus aider, rouges sous l'arsenal de couvrantes, de valises, de meubles qui pèsent leur tonne, le sofa Louis XV trois places jaune, des chaises, des caisses et des caisses avec des boîtes. Maurice tousse tout le temps. René ne peut pas voir un flic. Une allergie. Alors il regarde soit droit devant, soit fixe par terre. Xavier repasse avec le Caddie vide dans lequel il installe la mémé sans nom, bien gentiment posée comme un caniche entre les coussins, la tête enfouie sous une gigantesque chapka à oreillettes. Il retraverse.

– Je nique les keufs !

– Toi, tu tournes mal, mon petit gars, dit Lapin.

Le n° 14 était plein de meubles sens dessus dessous, Christine fumait une cigarette. La vieille avait été extraite de la poussette et reposée sur le sofa. Il fallait bien compter encore deux ans pour boucler les nouvelles procédures d'expulsion. Dieu sait où on en sera… Au rythme où va la vie ! Toujours ça de gagné. L'occasion de ne pas s'encroûter, de voir du pays, de pendre une nouvelle crémaillère, de se faire de nouvelles habitudes.

En routards professionnels, les familles du noyau dur naviguaient entre le n° 22, très prisé pour sa toiture impeccable, le n° 12, assez grand, le n° 43… Le n° 17 était depuis toujours le fief de René et Nénette – « *Chez-nous* » en fer forgé sur la façade. Un déménagement était toujours en projet, ce qui nous donnait une échelle de comparaison dans le merdique, nous rendait philosophes et astucieux.

Pour atteindre le jardin de René, il fallait passer sur une planche qui enjambait souplement un ruisseau, notre ru. Un nombre considérable de bateaux en allumettes étanchéifiés avec du papier alu avaient filé dans le courant vif et s'en étaient allés dans la mer, vers l'Atlantique.

– Je t'en ferai un autre… Ça fera le bonheur d'un petit Amerlo là-bas, de l'autre côté, à New York, me disait le Gros Maurice à chaque fois.

René était penché sur sa bêche. Les poireaux valsaient sous le vent d'un 737 d'American Airlines.

– René, son potager, c'est sa vie !

5

Comparés aux autres, nous, les Pie, bénéficions depuis deux ans d'un statut à part. Enviable, oui, disons-le. Des profiteurs sans en être, squatters patibulaires, une histoire d'héritage. Grâce à Maman Lecerf, ou à cause d'elle, selon les jours, suivant le temps. Déjà, à l'origine, La Pie n'était ni une fille d'ailleurs ni une fille du pays à part entière. Quoique. Compliqué ! Ancienne « pitaude », orpheline des hôpitaux de Paris, indésirable née du ventre des putains de la capitale, débarquée à la fin de la guerre à Lousseville comme fille de ferme, elle avait été une aubaine pour Maman Lecerf chez qui elle avait longtemps travaillé gratuitement. Le dossier Lecerf ne sera jamais refermé. Il reste chatouilleux, miné. Risque d'explosion. Le TNT testamentaire. La nitroglycérine funéraire.

Notre héritage planté, notre « dû» escroqué restait comme une méchante arête en travers de nos gosiers. En fait, il ne se passait pas une semaine sans que nous y revenions tant l'injustice nous avait laissés ébranlés, choqués, traumas, trahis. Après des discussions sans fin clôturées par le « Ça ne sert plus à rien d'en causer ! » nos yeux restaient fixés sur un coin de papier peint à ramages en relief. On imaginait la situation qu'on aurait eue, et définitivement, qu'on serait tirés d'affaire, parfaitement, et pas qu'un peu, si Maman Lecerf avait tenu ses promesses. Parjure. Très grave...

Je l'avais bien connue, Maman Lecerf, sur son lent déclin. Je ne sais pas pourquoi on l'appelait ainsi, « Maman », des habitudes, des vieilleries. Elle avait fini par mourir, ce qui aurait été fort banal, prévisible et anodin si, durant les derniers mois, Lloyd Thomas, La Pie et moi-même n'avions fait notre B.A., assidue, exemplaire et presque dénuée d'arrière-pensées. Chaque soir, pendant six mois, la grabataire solitaire avait droit à sa petite soupe apportée par les Pie, serviteurs intègres, petits oignons à domicile, patients et gentils. Un espoir transcendantal derrière chaque cuillerée.

J'avais mis au point une tactique pour engraisser Maman Lecerf. Je trempais les croûtons, qui, une fois imbibés de soupe, se mastiquaient plus facilement, passaient mieux sous le laminoir des dents compliquées, enroulées de ferraille et d'or. Un temps avant de déglutir ! L'autre mouillette était moelleuse à point. Hop ! Les lèvres effilochées de rides se rouvraient pour gober la deuxième. Assise en amazone sur l'oreiller, j'avais tout le temps de fixer la veine noire sur sa tempe qui bougeait au même rythme que les maxillaires. Une leçon d'anatomie. Ensuite, un petit coup de serviette pudique sur une coulure aux coins de la bouche – crac – et re-mouillette. Un travail, la nourriture à cet âge ! Pire que mes nichées de piafs rangés dans une boîte à chaussures au couvercle troué pour faciliter leur respiration.

Maman Lecerf était déjà à moitié partie et n'avait plus qu'un souci : ses chats. Une vingtaine. Je parle des vieux, des identifiés, baptisés, immatriculés, parce que les jeunes, personne ne pouvait plus les compter. Eux aussi étaient comme nos lapins féroces ! Des habitués. Ils s'en foutaient royalement des vibrations du Concorde qui leur frôlaient les moustaches. Des piafs d'acier.

– Tu me les as bien nourris, Réjane ?

– Oui, Maman Lecerf.

– Promis ? Tu n'oublies pas, hein ? Tu sais que ma Minette à carreaux, elle attend des petits. Il faut lui donner double ration...

– Oui.

– Dès que je pourrai me lever, j'irai vérifier. Faut aussi donner à Totoche, trop vieux pour se défendre... Si tu veilles pas, les jeunes y volent son manger...

– Oui.

Dans la chambre, traînaient toujours trois ou quatre chats, des ancêtres en veillée funèbre comme des statues d'insolence aux yeux fixes, aux ventres pleins, ronronnant et ravis de voir le chignon de Maman Lecerf, crottin grisâtre sur l'oreiller. Ce jour-là, un petit rouquin au nez rose s'était introduit par effraction dans le mausolée. Il avait pissé partout. Ça puait à plein pot quand j'entrai avec le tupperware tiède. Maman Lecerf s'amusait de cette visite impromptue, tassée au fond de son plume. Le jeune acrobate la mordillait franco. Tout le temps de la soupe aux mouillettes, le cascadeur avait droit à sa portion du festin.

– Fais-y goûter, voir s'il aime…

Et une bouchée pour le jeunot et une bouchée pour la vieille. Communion dans la mastication. Le pitre s'entraînait aux joies de l'escalade en passant des joues aux boucles d'oreilles. Parfois, comme obéissant à un ordre silencieux, il sautait d'un seul coup par terre et courait chambouler les rangs des matous ; puis il s'arc-boutait, marchait en crabe et crachait avant de revenir au triple galop se propulser sur le ventre de Maman Lecerf. Les vieux greffiers, sollicités par tant de vélocité, vinrent voir l'attraction, rampant, couinant, miaulant vers le sanctuaire. La couette se mit à crouler de borgnes, d'oreilles viandées, de queues brisées, tous baignaient dans l'euphorie carnassière, ils faisaient poids, union des générations. Un grand moment. De la soupe partout. Et c'est nous qui allions laver. Submergée de félins, la vieille riait à pleine gorge. Belle occasion : je lui collais une boule de pain droit dans son bec de moineau au cou plissé, aux paupières transparentes. Pour la faire taire. Avec mes oisillons, souvent j'enfonçais le petit doigt dans la gorge pour les aider à avaler, à faire descendre et reprendre souffle. Là, je n'osais pas.

Elle me lança un regard furieux et jaune semblable aux prunelles mordorées de mépris des chats agglutinés. Leurs yeux aussi étaient subitement en colère, pailletés de rouge, allumés comme des ampoules dans la nuit. Dès qu'elle eut dégluti et put articuler, elle reprit le fil de son cauchemar.

– Tom Pouce ne m'en aurait pas tué un ?

– Mais non ! Il n'aime pas les chats.

– Justement. Et Paulette…

– Sûrement pas !

– Hier, je l'ai vue passer avec un sac en plastique. Qu'est-ce qu'elle faisait avec ? Qu'est-ce qu'il y avait dedans ?

– J'en sais rien. Des épluchures…

– S'il y a un absent à l'appel, alors là…

– Mais non, Maman Lecerf. Ne vous inquiétez pas.

C'était son angoisse existentielle, bien plus que la mort qui l'attendait venir aussi calmement que ses compagnons. Depuis des années, ma mère tenait, elle aussi, le compte effrayant des portées.

– Regarde-moi ça ! La minette en a fait cinq cette nuit ! La grisette, trois la semaine passée…

Sans cesse, des portées clandestines, quatre rouges, un bleu, trois verts, invasion des chats. La Pie limitait les familles à un crapahuteur unique, technique chinoise, limitation des naissances. Question de bon sens. Déjà que Monsieur Spar livrait chaque semaine dix bouteilles de lait chez Maman Lecerf, jusqu'où serait-elle allée ? Tous ses sous y seraient passés. Il fallait occire en douce. La vieille avait l'œil monomaniaque. Pour un rien, elle était prête à nous haïr.

Les choses évoluaient pour le mieux jusqu'à ce que Lloyd Thomas fasse la connerie du siècle, l'éléphantesque.

Pour les renards, les grenouilles, les pintades et les cochons de lait, il empaillait honorablement. Une technique bien à lui, pas ragoûtante, certes, mais efficace et durable. Sans odeur. Une grande pièce du manoir dédiée à son passe-temps, un salon d'aristocrates avec moulures dorées verdies de salpêtre et plafond ovale bâché là où le ciel perçait. C'est là qu'il travaillait. Des ballots de paille, des fils de fer, des aiguilles et des couteaux pour le dépeçage. Un travail de titan, des heures sur une défroque poilue. D'abord, il fallait tuer en laissant le moins de traces possible. Après moult tentatives malheureuses, il s'était résigné à l'option cou tordu vissé net en trois tours d'écrou qui laissait le pelage intact. Un sale moment à passer. Puis il décollait la peau en commençant par une incision entre les coussinets des pattes arrière, et, de là, doucement il remontait jusqu'à la tête en faisant attention aux naseaux. La peau restait à croupir dans des vieux bidons rouillés et puants quelques jours. Salée. Ensuite, une fois rincée, elle passait dans un nouveau bidon ; s'ensuivait un deuxième rinçage avant qu'elle ne sèche, écartelée sur des petits portiques. Quant à la bestiole écorchée, Tom la dépeçait avec dextérité du bout de son scalpel, la vidait de ses entrailles et décollait les muscles, cartilages et compagnie. Bien qu'il soit très louchon, jamais il ne s'était coupé. Les abats faisaient le régal de nos chiens.

– Toi, tu aurais dû faire boucher !

Le crâne desyeuté, les vertèbres et les os bouillaient des heures durant sur le Butagaz familial jusqu'à ce que ne subsiste qu'une belle ossature blanche.

– Ce que tu nous coûtes en gaz avec tes conneries.

– M'en fous. C'est moi qui paye. Avec mes sous.

– Tu n'aurais pas mieux à faire avec ?

– Non. Tu m'as manqué.

Tom avait de ces reparties hallucinées. Ma mère l'embrassait, tout émue. Parenthèse.

Enfin arrivait le grand Art. Armé d'une aiguille et d'un fil, il reconstituait les grands axes du squelette – une anatomie d'horlogerie dans le cas des grenouilles aux omoplates corn flakes et aux brindilles transparentes des doigts. Avec une patience infinie, Lloyd remontait le plus de morceaux possible. Parfois, le squelette gardait des zones d'incertitude. Il trichait alors, faisant glisser sous la peau – maintenant souple et sèche – une architecture grosso modo fidèle en fils de fer engraissés de papier afin de redonner chair, ne pas faire maigrichon, de retrouver le volume initial. Le crâne aux mâchoires nouées se replaçait dans l'emplacement manquant. La bête reprenait une petite prestance même si son arrière-train dégoulinait encore de paille. Le museau se minaudait un air crâneur grâce à la terre glaise réparatrice. C'était alors le dernier stade, le plus jouissif, et toc, que je te bourre le cou, les pattes, le torse de belle paille, le marcassin en gigotait de joie. Tom aimait que ses momies finissent plus lourdes de la panse que de leur vivant, un bon gros ventre ballonné comme lui, et crac, vas-y pour une grande poignée de son dans les bourrelets du ventre repu. Il recousait finement la longue incision ventrale et, pour finir, donnait la position théâtrale souhaitée à grands coups de bâton. L'animal souriait d'un air « naturel », « pris sur le vif », le nez délicatement relevé et une patte joliment repliée. Ensuite, il ne manquait plus que les yeux montés sur un clou et reglissés dans les boutonnières oculaires.

À chaque déménagement, tous les deux ans en moyenne, il nous fallait trimbaler quelques nouveaux piafs écartelés et mités. Un écureuil aux yeux exorbités, dépossédé de son arrière-train et greffé sur une oie faisait la fierté de Lloyd. Au cours des années, il excellait à créer des animaux barbares, un marcassin à ailes de chauve-souris prêt à s'envoler, un renard à tête de canard et queue de rat. La jonction entre le pelage roux et les plumes vertes était douce sous la main. C'était une distraction légitime et discrète dans sa tannerie au parquet marqueté, après des heures de tracteur. Il travaillait, notre débile. Faut pas croire. Robuste comme un homme, ouvrier agricole, seul sur son gros tracteur rouge au pied des pylônes d'acier, tours Eiffel aux mains raides sur les hanches avec des boules de Noël en toutes saisons.

Devant cette manne féline, cette mine de bestiaux, notre idiot avait décidé de se mettre aux chats. Un vieux projet… Raoul-l'Ancien affichait une belle allure, plus gras que nature, les pattes de devant clouées sur une planchette et la fin du corps muée en un bouquet de grenouilles. L'œuvre d'art.

Manque de chance, à cette époque, Maman Lecerf avait encore son « autonomie », parvenant étrangement à se lever, à trottiner quelques mètres de la rue Brûlée. Voilà qu'elle débarque dans notre squat du n° 36 à l'impromptu ! Son Raoul-l'Ancien lui manquait… une semaine qu'elle le cherchait pendant que lui, campé sur la télé, nous fixait de ses yeux verts extraits de ma grosse poupée blonde. À noter que ce coup-là était particulièrement vache. La Pie, d'une patience inouïe envers son débile, son bébé Mozart de l'empaillage, m'avait promis une nouvelle Barbie à Carrefour dès que les allocations tomberaient. Tom s'était quand même pris une raclée, ricanant de sa bouche édentée, le nez morveux, des petites taloches sur sa grosse tête enfoncée dans les épaules. Il couinait comme un goret.

Bref, Maman Lecerf entre, et, toc ! son regard tombe sur Raoul-l'Ancien qui la fusille de ses yeux d'Hollywood, peinard pour l'éternité avec son chargement de grenouilles aux trousses. Pof ! évanouie aussi sec. Plus un mot, pas un souffle. Tom lui vide un jerrycan sur la tête. La Pie joue en finesse.

– Toi, mon couillon, vire le chat ! Vite !

Tom décampe la dépouille farce. Ma mère, agenouillée au bord de l'aïeule dans une flaque d'eau énorme, parle d'une voix chantante.

– Qu'est-ce qui s'est passé ? Maman Lecerf ? Allô ? Allô ? Coucou, c'est nous...

La vieille ouvre un œil et le fait aussitôt tourner dans l'autre sens. La Pie passe aux gifles dont la puissance, l'aisance et l'allégresse contrastent avec cette voix zézayante et douce.

– Maman Lecerf... réveillez-vous... (Paf, joue droite.) Vous avez eu un petit malaise... Trois fois rien (Bing, joue gauche.)... Allô, allô ! Revenez-vous... (Paf-paf, un aller-retour sévère.)

– R... Ra... Raoul...

La gisante lâche dans un râle ce nom pathétique sur lequel ses yeux se rouvrent.

– Et alors, Raoul ? Quoi, Raoul ? Qu'est-ce qu'il vous a encore fait, votre Raoul ? Attendez... Restez encore allongée, que le sang remonte au cerveau...

Maman Lecerf a beau être vert pâle, elle essaye de se redresser sur un coude sec et pointu.

– Mon Raoul sur la télé... avec des pattes de grenouilles dans le derrière.

– Chut… Vous vous fatiguez pour rien. Allons, c'est ça, doucement.

– Là, mort !

– Mort ? Il aurait été écrasé ?

– Mort sur votre télé.

– Qu'est-ce que c'est que cette histoire ? On ne va pas mettre un chat crevé sur la télé ! Dis, Réjane, tu ne l'aurais pas vu, Raoul-l'Ancien ?

– Si. Il est passé faire un câlin tout à l'heure. Après, je suis partie jouer avec Xavier.

– Et voilà ! Tout s'explique. Il n'était pas mort. Il devait se trouver là par hasard et Réjane jouait avec ! Allez, ma Poufiasse, va chercher Raoul.

Je sors. J'appelle « Raoul » en regardant passer le nouvel Airbus de Mexican Airlines. Beau produit. « Raoul. » Je rentre. La vieille est assise sur le sofa où elle fait tache blanche.

– Je ne le trouve pas.

– Forcément. Il a la frousse. Allez, on va rentrer, Maman Lecerf. Ce n'est pas sérieux de sortir comme ça, toute seule ! Il suffisait d'envoyer un de mes gosses ! Voilà, c'est bien, très bien, doucement, tenez-moi fort, il y a rien à craindre… Solide !

Depuis ce jour, Tom était interdit de taxidermie – ce qui ne l'empêchait pas de continuer à officier en clandestin. Seuls Xavier et moi le savions. Il était parvenu à se dégotter un fournisseur d'yeux en pâte de verre, des prunelles comme des boutons émaillés rangées dans une jolie boîte. Une fortune ! Des bijoux pailletés, allant par deux comme des boucles d'oreilles, fendus en hauteur pour les chats, en largeur pour les chèvres, ronds pour les tigres, doux pour les vaches, bornés pour les cochons. Myosotis de lézards terrifiants. Et un petit œil tout seul et tout rouge.

Maman Lecerf doit se remémorer tout cela, la bouche close sur la dernière bouchée. Même le petit déluré ne l'amuse plus. Pour la faire réagir, il griffe son avant-bras. Inerte. Elle parle. Je sais ce qu'elle va dire.

– Qu'est-ce qu'ils vont devenir quand je serai partie rejoindre mon Casi ?

Au bout de la pièce, le portrait de Casi – pour Casimir Lecerf – ne cille pas. Un grand homme que ma mère avait bien connu. « Bel homme. » Sur la photo, il fait sévère. La Pie tape, toc-toc, tout en ouvrant la porte. Comme chaque soir, elle vient prendre la relève.

– Eh bien, elle n'est pas bonne ma soupe ? Vous préférez régaler vos fauves, c'est ça ? Réjane, tu lui as donné sa Vache qui Rit ?

– Elle ne veut plus rien.

– Pousse-toi. Laisse-moi donc finir.

« Finir », ça voulait dire l'aider à faire ses petits besoins, sa grosse commission, la torcher, changer les draps et la coucher. Tous les jours ! Parfaitement ! Des mois d'hiver, quand le linge séchait mal. Des cordages, des haubans pour étendre les draps, sans compter notre linge à nous, et les grosses culottes de ma mère, et ses soutiens-gorge en énormes rangs d'oignons et sa guêpière rouge, des fois.

Petit à petit, les remerciements diaphanes de Maman Lecerf nous guidaient vers un espoir, une lumière de moins en moins floue, envoûtante : l'héritage. On mettait nos petits neurones en action. On s'y voyait déjà, dans ses meubles ; on faisait des plans de retape ; on s'imaginait propriétaires, invirables, bénissant sa générosité historique de nos grands sourires. Des ailes de gratitude nous poussaient comme aux anges, on ferait venir Nénette et René chez nous, des grands-parents pour ainsi dire, ils méritaient autre chose que la guillotine de l'avis d'expulsion au n° 17 depuis des lustres ! On serait généreux une fois notre mission accomplie, nous, infirmiers diplômés, main sur le cœur.

– Question d'humanité ! C'est pas sa propre fille, la Gisèle qu'on ne voit jamais, pas elle qui ferait le quart, oui, le quart de ce que je fais pour sa mère, moi, moi qui ne suis rien pour elle ! Tiens, ma Poufiasse, emmène les draps…

N'empêche, les draps pleins du caca de Maman Lecerf et la pisse de chat, ça pue.

Un soir de mars, Maman Lecerf passe dans les bras de La Pie en chuchotant plein de recommandations et de secrets. Tout est bien qui finit bien. Nous sommes très confiants pour la suite. L'avenir s'expanse. Le printemps arrive.

Le notaire convoque madame Paulette Pie, qui, sans la moindre surprise, se retrouve assise aux côtés de la fille Lecerf et de son mari. Ma mère se prend un sourire hautain, une reine sûre de son coup. La vieille lui a assez dit, et redit, que la maison serait pour elle, et rien que pour elle, si elle venait à disparaître.

D'ailleurs, le matin, nous étions allés à l'enterrement sans y être invités, convaincus que la morte nous souriait au-delà des Boeing, derrière sa veine bleue et ses cheveux rares. Question de respect. Ma mère s'était refait une couleur, un blond vénitien virant sur la teinture d'arnica. Empilés à trois sur la mobylette maternelle, plus la couronne de fleurs, nous filions vers le cimetière en rêvant à la voiture que l'on s'offrirait. Pour la cérémonie, Lloyd Thomas portait un short bleu marine spécial cours de gym, trop petit bien qu'élastique. Son gros slip blanc dépassait en haut des cuisses et dessinait deux demi-lunes sous chaque fesse. Moi, je portais un short pareil. Le bleu marine assure le respect, les gosses assortis dans le chagrin en somme. Christine avait bricolé deux nœuds papillons noirs. Une barrette entourée de tulle noir retenait ma tignasse comme une scarole, une frisée au milieu de la tête. La cérémonie était belle avec un commentaire de curé, des fleurs, les mottes de terre et tout ça.

Donc, Paulette se retient de rire chez le notaire. Déjà elle imagine la tête que fera l'héritière légitime quand elle se verra officiellement flouée, sa couardise fustigée… Une ingrate, la Gisèle qu'elle connaît depuis l'enfance. L'amour de Lousseville, ça se partage : il faut un bout de paradis pour chacun.

Le notaire lit un testament : « Ma maison, au n° 52 de la rue Brûlée à Lousseville, revient à ma fille, Gisèle Ratin née Lecerf. Madame Paulette Pie, pour sa gentillesse et l'amitié que lui portait mon défunt mari, Casimir Lecerf, aura le droit d'habiter la maison jusqu'à la majorité de sa fille, Réjane Pie. » Pof. Coup droit au foie. Uppercut. Le Concorde ébranle la mairie. Tom et moi, dehors, assis sur les obus qui délimitent le monument aux morts, espérons encore. Plus ma mère. Elle se lève, pâle, les poings serrés, la mâchoire verrouillée, et quitte la salle en parlant au plafond.

– Ça, c'est pas gentil, Maman Lecerf… C'est pas juste.

Gisèle ricane. La Pie relance, espérant que la défunte va revenir à la vie juste une seconde, histoire de modifier ses dernières volontés et de raturer la première phrase. Elle lui parle doucement, au bord des larmes.

– Quand je pense que c'est moi, moi qui vous torchais le derrière… Que ces deux-là restaient à Paris, sans s'occuper de vous… Ça, c'est pas bien. Et quand j'étais petite… Mon Dieu, que c'est loin… que ça passe… Tout ce temps de passé, de foutu. Foutu.

– C'est déjà gentil que Maman ait pensé à toi. Tu n'es pas de la famille. Qu'est-ce que tu attendais, hein ?

– Toi, ma salope, ta gueule. Gueuse… Pas de la famille… Demande à Casi, demande à ton père, à qui qu'il ressemble mon grand fils, Ludwig-le-Grand… Mon premier. Demande-z'y ! C'est toi qui lui as fait écrire ce testament ! Toi ! Pourriture. Tu l'auras influencée… Il ne vaut rien ce papier. Rien ! Elle m'a juré tout l'hiver, juré que c'était pour moi la maison, que tu n'aurais rien ! Rien !

– Souillon.

– Pétasse. Salope. Grognasse.

– Elle a quel âge, ta dernière ?

– Huit ans.

– Alors, on se reverra dans dix ans… Je te foutrai à la porte avec ta gonzesse et ton débile et tu verras comment !

– Si tu redis ça, je t'arrache la tête.

– Et qu'est-ce qui nous prouve que tu ne l'as pas achevée, ma mère, elle qui t'avait élevée… « Ma Paulette », elle t'appelait. Tu l'as tuée ! Elle l'a tuée, hein, Joseph ?

– Ferme ton claque-merde. Ferme-la. Je ne me retiens plus.

– Du calme ! Mesdames, du calme. Un peu de dignité, un peu de dignité.

Tom a fait tourner son nœud pap. C'est long, l'attente. Il sort une maïs sans filtre que je lui allume et dit :

– Ça gueule, dans la mairie.

– Oui.

– Il fait soif.

La nicotine l'aide à avaler son amertume. Paulette descend les trois marches de la mairie, les joues bizarrement coloriées en rouge sur un visage livide. La fille Lecerf la suit, une sorte de femme à permanente grise, manteau marron et foulard imprimé de chevaux dorés. Derrière, il y a un type de forme carrée, genre petit buffet.

Paulette s'arrête devant nous, et, un sourire carnivore aux lèvres, ses yeux perçants plantés dans la carlingue d'un avion à l'atterrissage, massive comme un taurillon, elle prend le ciel à témoin. Les mains sur ses hanches larges, elle entre en pleine communication avec son « Mon Dieu » et s'offre un dialogue avec l'au-delà bouillonnant de décibels. Sa narine inspire fort, elle plisse les yeux, l'air de dire au Seigneur, « Bien reçu, Roger, 5 sur 5, parfait, tout pigé, entendu ! » Elle baisse les yeux sur nous deux, l'air serein, le teint redevenu normal.

Tom cligne des yeux dans le soleil pour grappiller un reste du message céleste. La Pie fait une volte-face sauvage et fonce vers les deux héritiers en nous traînant par la main.

– Attends un peu, Gisèle… Il y a mes gosses qui veulent te saluer. Tu ne les connais pas, les deux derniers… Ils ont de l'éducation, eux !

Elle veut la faire enrager, l'autre qui n'a pas même été fichue de faire un seul enfant. Cette présentation n'a pas l'effet escompté. Pourtant La Pie cambre les fesses et annonce :

– Lloyd Thomas, mon fils qui est handicapé.

Toujours, elle rajoute le « qui est handicapé » sur le ton de « qui est chirurgien ». Pour son fiston, elle se ferait couper un orteil sans hésiter, voire deux. Tom approche son 1 mètre 50 pour 90 kilos. La Gisèle se recule sous le choc visuel. Il ne grandira plus. Question cérébrale, c'est kif-kif. Vitesse de croisière. La Pie le pousse vers les saligauds en lui frictionnant le dos pour lui redonner de la prestance et rehausse son Quasimodo en lui collant une petite tape sur la nuque.

– Bonjour m'sieurs-dames.

Pof, re-taloche droit dans la bedaine. Tom en rajoute dans la débilité : une de ses armes, faire peur, inquiéter, lui, le reste de nuits alcooliques, le risque des amourettes bucoliques. Dans le fond, il est solide, il assure, bétonne, bunkerise, du pyrex viril, ça se fendille mais ça ne casse pas.

– Il est chouette, mon fils, hein ? Fais pas cette tête-là, Gisèle, pas un méchant, mon crapaud. Un enfant du Bon Dieu !

Gisèle prend son courage à deux mains pour ne pas s'enfuir. Elle le considère des pieds à la tête comme une rature d'humanité, avec ses petites jambes courtes et son gros ventre rond-ballon. Il ose s'approcher pour lui coller la bise énorme, sur les quatre joues, l'amicale, la baveuse. Un reste de bonnes manières l'empêche de s'essuyer le visage devant nous. Son mari a droit à la poignée de main, rituelle, désarmante.

– Et voici ma dernière, la perle, la « der des der », Réjane, notre Princesse. La future Yvette Horner.

– Mais… tu l'as eue à quel âge, celle-là ?

Ce genre de question pouvait entraîner deux réactions antinomiques. Soit La Pie jubilait en se disant : ça leur en fout plein les mirettes qu'une vieille dondon comme moi soit la mère de cette poupée ! Par ricochet, elle était alors fière car ses atouts d'ex-« belle femme » faisaient encore mouche en lâchant leurs derniers rayons. À l'inverse, il arrivait que ça lui donne un coup de bourdon. Réaction tragique. Tous aux abris atomiques. Anéantie, elle se mettait alors à vomir ma trombine, et ma gueule d'amour, et moi tout entière, infâme boulet, témoin ingrat qui prospérait sur ses charmes trépassés.

Ce jour-là, l'affaire Lecerf était trop obnubilante pour qu'elle se formalise.

– Quarante-cinq !

– Eh bien ma vieille, tu as eu du pot.

Je leur serre juste la main.

– Elle n'est pas du même père que l'autre… Elle est typée, non ?

Gisèle vise dans le mille. Ce n'est pas un hasard si on n'a pas un seul Arabe au Vieux Pays. Ma mère est raciste. D'ailleurs, elle le dit tout le temps. Pas de honte. Elle tolère un Noir quand il est « bel homme » et reconnaît aux Martiniquais un talent d'intégration dans les administrations, une tenue correcte en facteur, mais pas les Arabes ! Eux aussi, des « arrogants », des qui ne font pas l'effort d'adaptation.

– Typée ? Qu'est-ce que tu veux dire par là ?

– Je ne sais pas, un quelque chose dans les yeux, les cheveux frisés... La peau mate, quoi.

– De quoi je me mêle ? Toi qui n'as pas été fichue d'en faire un seul, de poussin...

– C'est qu'on n'a pas voulu.

– Ben, tiens ! (Ma mère pouffe ouvertement.)

– Je ne suis pas une lapine à me faire trousser par le premier Arabe venu. J'ai pas le feu au cul, moi !

– Tu l'as au frigo, ton cul sec. Pruneau. Au moins, son père, il savait s'en servir, lui... qu'est-ce que tu viens l'insulter avec tes insinuations.

– C'est qui son père ?

– Qu'est-ce que ça peut te foutre !

– Il faudra le prévenir pour la maison. Que dès que sa fille sera majeure, crac...

– Majeure mon cul ! Jamais, tu m'entends, jamais tu l'auras ta maison ! Parole de mourante. Serment de l'agonie. Putain de Dieu ! On se pendra plutôt dedans, on y foutra plutôt le feu que de te la laisser !

– C'est ce qu'on verra.

– Toi, ma Réjane, tu n'es pas près de grandir ! Tu auras tes dix-huit ans dans trente ans ! Plus même ! Tu ne les auras jamais !

C'était tout vu ! J'allais continuer à grandir, ce qui ne ferait pas revenir le Beau Salaud disparu à ma naissance.

Depuis qu'on était logés chez Maman Lecerf, ça tournait dans nos têtes tout le temps, pire que la roulette du compteur EDF, un cauchemar vivant, mon âge, huit ans, déjà ! Plus que dix ans de peinards...

– Prends ton temps, ma Poufiasse. Savoure-la, ton enfance… Fais-la durer.

J'aurais bien voulu me rabougrir, ralentir la croissance pour déjouer le méchant destin légué par les Lecerf. Chaque nouveau centimètre sonnait la fin de la fête. Pour bien montrer notre légitimité d'occupation, Tom avait installé une enseigne en fer forgé : « *Mon Home.* » J'ai mis trois ans à comprendre, pire que les farces du Gros Maurice.

6

Comme un fait exprès, je me suis mise à grandir trop vite. Le gros Menuet Nouveauté et mes pantalons trop courts signaient l'inéluctable. Je montais en graine. Une damnation.

Je le sentais à d'autres indices moins palpables. Les jeux avec Xavier se faisaient rares et perdaient leur piquant. Mon « tuteur » – rang auquel il s'était autopromu depuis toujours – se lassait de sa grande vocation éducatrice. Il ne me tannait plus à coups d'épreuves de plus en plus vicieuses pour l'obtention de mon tutorat, titre prestigieux garantissant – lu et approuvé – mon courage, tamponnant valides mes phénoménales facultés de garçon manqué, affirmant son rôle d'éducateur intègre « dur mais juste », mettant en valeur ma « détermination », mon « goût du challenge », bref, ces foutaises sadiques qui, encore récemment, occupaient tout mon temps. Ne pas décevoir mon fiancé. Le convaincre. Creuser le fossé profond qui me séparait des pisseuses, des gonzesses à la noix et autres petites meufs méprisées sans rédemption. Moi, dans ma Dauphine, je rangeais mes dînettes, dégommais la boîte de Pépito dans le garde-manger de la boîte à gants, nourrissais mes piafs qui s'étaient allégrement piétinés dans leur boîte à chaussures. J'écartais les défunts. Bref, la routine.

Mais le temps de notre camp de base touchait à sa fin. Mes virtuosités d'oreille absolue et de doigté nerveux, mes petites rumbas, tangos, pasos, valses et cha-cha-cha lancés comme des Olés ! au nez des avions l'agaçaient ouvertement. Il avait honte de ma vocation et faisait gueuler son walkman de hard-rock, techno, raï, rap et sons martiens d'ailleurs. C'était tragique pour moi. Je n'osais plus lui raconter mes leçons, les conseils oppressants de Mario Nucci, l'angoisse des concours. Mon instrument, comme un grand poumon de résonance avec ses deux ventricules de touches me rattachait aux squatters du Vieux Pays ; lui s'acharnait à les fuir.

Que lui dire ? Déjà qu'il parlait un verlan plus honorable que le mien. Malgré mes tentatives pour mémoriser et traduire en instantané, je n'étais pas dans la note. Inutile d'avoir l'oreille absolue pour entendre la maladresse d'un « keum de la téci » ou d'un « ma reum » pour ma mère. Les rafales systématiques de « Nique ta mère » gueulées *a capella* par Xavier dénonçaient ses lacunes. Lui aussi souffrait d'un registre limité. Pas la peine de frimer. Ce n'était ni mon langage ni le sien. Ça crissait tout de suite comme des couacs. Moi je parlais l'argot de notre troisième âge et une « belle-pou » par-ci par-là n'y changerait rien. La preuve ? La Pie, pour faire « jeune » et futée, toujours d'attaque et dans le vent, nous volait nos rares perles de verlan et les faisait siennes, annonçant « À bleu-ta, les mômes ! » Je détestais. Non seulement elle était sacrilège en décodant les registres d'une langue interdite mais elle en faisait un petit argot bonne franquette, vin blanc, musette. Il me manquait les camarades d'entraînement requis pour cette culture-là. Je ne zonais pas dans la cité par-delà les autoroutes. Malgré moi, je parlais « soutenu », « standard », ce qui me cataloguait dans les ringards fossiles insortables du type Mario Nucci et ses pichenettes.

De plus en plus, Xavier me regardait comme un reste de son enfance, un bout de gâteau oublié au bord d'une assiette un après-midi d'anniversaire triste. C'est dans cet esprit-là qu'il revenait parfois me visiter dans notre Q.G.

Le piano en bandoulière (« Tu ne devrais pas le sortir dehors, dans l'humidité, ton Menuet. Quand il faudra le revendre, il ne vaudra plus rien… Mets ton anorak… ») et quelques mélodies pour échauffer mes doigts, je traversais un carré de campagne pelée jusqu'à notre carcasse de Dauphine varicellée de rouille, coupée en deux par un arbre.

Ce jour-là, Xavier m'attendait, assis derrière le volant comme dans le temps. Aussitôt j'arrêtai de jouer l'andante du *Beau Danube bleu*. Sachant trop bien qu'il allait se moquer, je ne toucherais pas un mot de ma dernière coupe d'argent alignée sur la télé, du voyage en car pour aller disputer les Juniors Musette des Banlieues le week-end précédent, au Raincy, du costume en tulle rose cousu par Christine et du gueuleton offert par l'Amicale.

– Tu avais l'air d'une Cocotte-Minute dans le costume cousu par ma mère.

Comme introduction, il tape fort. C'est réussi ! Même pas « bonjour », même pas « ça va ». Toc, prends-toi ça dans les dents. Ma gorge se noue serré. Ne pas pleurer. Bétonner.

– Qu'est-ce que t'en sais, t'es pas venu ?

– La Pie est passée montrer les photos. (Il en pouffe, le saligaud.)

– Tu sais, les photos, ça ne rend pas la musique…

– La musique ! Pauvre pomme. Ah, le plan ! Les lampions, le micro trop haut et un bout de ta tête qui dépasse de l'accordéon ! Et la coiffure… T'en as pas encore marre de ces conneries ?

– J'ai eu le troisième prix.

– Tu es mal barrée.

– Mais quoi ! Tu aimais bien avant, quand je jouais à la mairie pour le 14 Juillet…

– Irrécupérable… Quel gâchis. Moi qui ai tant fait pour ton éducation, ta formation. À me creuser la tête. Tiens, tu me décourages. Tu me désespères.

Mon menton tremblait. Oh, que je ne l'avais pas oublié, ce temps très récent de la Terreur, quand, assis derrière le volant avec le même air de supériorité, il concoctait les épreuves du tutorat. Des avions passaient en rase-mottes entre les éclats de notre pare-brise. Sous le souffle, les grandes herbes jaunes ondulaient dans un bruissement de panique végétale. Mon fiancé finissait son Pépito avant de se griller un clope – que j'avais le droit d'allumer. Il ne me causait pas de ses nouvelles accointances, de ses fugues, il passait juste prendre une bouffée d'enfance et de rassurance en regardant mes yeux éperdus d'admiration. Cet éloignement me terrassait. J'aurais voulu grandir d'un coup pour avoir treize ans moi aussi, et des sous-tifs en dentelles et des talons et un paquet de

Marlboro dans la poche de mon Perfecto. Anorak Carrefour rose pâle. Bottines rouges Continent. Barrette Monoprix. Loin du compte…

Il y avait deux faces à mon univers, la face Xavier et la face Tom Pouce, le rouge et le noir, l'ombre et le soleil. Xavier me regarde d'un œil glacial. Malgré cette sale expression et les vacheries qu'il vient de me servir, je me dis qu'il a des yeux étonnants de beauté, de clarté, mon Cric Douglas. C'est terrible d'être amoureuse ! Un virus. Je le déteste. Subitement, j'ai envie de m'enfuir côté Tom Pouce. Au moins, avec mon irrécupérable frère, je n'ai pas honte. J'ai des petites fiertés. Tout cabossé qu'il est, il a le bon sens de détester Xavier ouvertement, ce saligaud qui lui a volé l'amour de sa petite sœur. Sa Princesse. Sa virtuose.

– Ma pauvre pomme. Je ne sais plus quoi faire de toi. Moi qui pensais t'emmener à Paris ce week-end avec les copains, eh bien tu vois, j'hésite. En fait, j'hésite pas. C'est non. Tu ferais tache.

Hop. Demi-tour. Les plus courtes sont les meilleures. Je m'en vais sans le saluer. On a sa fierté, faut pas croire ! Il y a des limites, et tant pis pour l'amour. Je le plaque, je vire, je vide, je me planque dans les grandes herbes en sentant son regard glacé sur les bretelles de mon accordéon. Si je reste, je craque. Mieux vaut pleurer de dos, attendre d'être hors champ pour sangloter vraiment. Sans compter que je n'ai pas nourri mon héron. Mon nez coule. Les yeux aussi.

Concentré sur son tracteur, Tom m'a vue venir de loin. Il me récupère en bout de champ. Quatre bises comme de coutume, des fois jusqu'à cinq fois par jour, sans compter le « bonne nuit ».

– Tu me rejoues le tango ?

Assise sur le garde-boue du tracteur, là où un coussin attend mon cul d'abeille, j'accepte pour l'œil louchon de Tom. Je dégrafe le bouton-pression et pianote *Nuit de Buenos Aires.* Tom conduit. Trois aller-retour de ce champ kilométrique pour m'emmêler les doigts dans quelques dièses méchants pour la main gauche.

– Encore, si j' te plais.

Ça le berce. Parfois, il en rate un sillon sous la nostalgie des fausses notes, il zigzague le final d'une belle tranchée rectiligne dans la terre noire et douce, ouverte sur notre sillage comme du beurre noir, éventrée en lourds pétales sombres par les socs étincelants du tracteur. La mer. La Beauce.

– J'en ai marre de ce morceau ! Je le connais par cœur.

– Encore. Joue encore.

– Attends, j'ai un nouveau truc à travailler pour mercredi.

Je sors la partition prêtée par Monsieur Nucci. Tom a magouillé un système d'élastiques pour retenir les feuillets entre le pare-brise et le clignotant. Mon pupitre. Arrive le bout du champ. Demi-tour. Marche arrière. Le moteur gueule, les énormes roues crachent des mottes de terre sculptées par les pneus. Manœuvre réussie. Ça y est : la terre nous attend. Tom passe la première en se retournant pour voir si la charrue prend le bon alignement. C'est parti… Mon pied bat la mesure… Tom passe la deuxième, enfile la troisième, glisse la quatrième, 4, 3, 2, je lance les premières mesures.

– Il vient plus te voir, le Xavier.

– Si…

– Il t'a laissée tomber, le Marlois.
– Non.
– Tu m'as manqué.
– Je suis venue répéter il y a deux jours.
– N'empêche. Allez, joue.
– Fais gaffe, tu dévies.

La valse nous donne du souffle, je déploie l'accordéon, l'étire en glissades, resserre le tempo en pensant aux conseils de Monsieur Nucci, chauffe Marcel, chauffe, les notes de cette nouvelle musique mouchetée sur cinq lignes défilent devant mes yeux pour aussitôt débouler dans mes doigts. La terre s'ouvre et ronronne au pied d'un pylône électrique. Un vol de corbeaux nous enveloppe et vient picorer les vermisseaux roses des labours. Ils font un tel raffut que je dois pencher la tête, coller l'oreille gauche contre le soufflet qui découvre une géométrie rouge et secrète comme une anatomie de désir. Un cœur chaud. À chaque coup ça marche, la magie de la musique, parce qu'on finit par se sentir beaux, déliés, heureux au milieu de notre champ brillant comme le parquet d'un dancing. Ça tourne, on valse en imaginant les couples de danseurs tournoyer au milieu des corbeaux. Parfaitement ! On rêve chacun dans notre tête, on s'époumone sur le refrain, et que Tom braille faux ou juste, c'est pas grave, de là personne ne nous entend ! Un avion peut décoller, étendre l'ombre de son fuselage sur nous, il en faudrait bien plus pour me faire perdre le rythme. Chauffe, chauffe ! Quand la fin du champ se dessine au loin, je passe en mineur, j'allonge un dièse et fais vibrer un sol jusqu'à l'explose de nos joues rouges, nos cheveux dans le vent, notre atterrissage. La fin de la croisière à paillettes signée Fratelli Crosio.

– Encore.

Pas étonnant que je sois fortiche en solfège avec des heures de « encore », de « tu m'as manqué ». Demi-tour. Je range ma partition qui se gondole dans l'humidité. Le soir tombe. Le brouillard monte des champs. Une mouette ricane parmi les corbeaux, remontée de la mer jusqu'ici. La manette pour soulever les socs, c'est à mon tour de la piloter. Avant de se relancer dans une traversée des terres rases, Tom sort une Gitane maïs. Il me la tend. Un réflexe. Nos rites. J'ai le droit de l'allumer. J'aime bien. Le tabac me tourne la tête le temps d'inspirer une grande bouffée arrache-glotte.

– Tu es prête ?

– Ouais.

– Il me faut la mouette. Ça fait deux jours qu'elle est là.

– Qu'est-ce que tu vas faire avec ?

– Des belles ailes à ma taupe.

4… 3… 2… Tom allume les phares. Nous voilà repartis. Sous les corbeaux furieux d'être dérangés, j'improvise puisqu'il fait trop sombre pour le solfège. C'est le crépuscule. Des ampoules rouges clignotent au bout des ailes, dans le ciel. Bien sûr, Tom a raison, Xavier me laisse tomber. La mélodie me le dit, surtout le passage en mineur, *fa-la-sol,* juste ce glissement-là. Je ne cadre plus dans son adolescence. Je ne sais pas qui, de la nuit qui avale la terre trop vite, des basses d'un Airbus ou du profil fermé de Tom me serre la gorge. Quelle crétine. Pour un peu, j'aurais la nostalgie du temps récent des méchantes épreuves de courage, du test des barbelés électrifiés, bouuum, de ces châtaignes à en trembler pendant dix minutes, du 6 000 volts. Mon cœur tombait dans l'herbe. Je le ramassais et le remettais à sa place avec des mains folles.

Un jour, il s'était moqué :

– Tu sucres les fraises.

– Petit con !

– Je t'avais pourtant bien dit : les deux mains ensemble ! L'électricité ne fait que passer d'une main à l'autre et tu ne sens rien ! C'est comme d'arrêter de respirer avec les orties. Ça, tu sais le faire, pourtant !

– Ça compte comme épreuve à 2 points quand même ?

– Non. Juste un demi.

– Salaud.

– Pétasse.

Un autre jour, il y avait eu l'épreuve à 3 points, un truc faramineux dont le seul souvenir suffisait à me donner mal au ventre. Traumatisme aigu. Profond. L'escalade d'une cheminée d'usine de nuit, avec des maillons de fer en guise de marches et un arceau tous les trois mètres pour se raccrocher en cas de chute. Un cauchemar. Le large ventre bombé de briques noires sous mon nez, je ne l'oublierai jamais. Les dix premiers arceaux se laissaient monter facilement. Prestissimo. Dans le tempo, j'escaladais à la même vitesse que Xavier. Et, tout à coup, le vertige avait injecté dans mes veines une drogue paralysant les bras, vidant les poumons, arrêtant le cœur. Le temps avait changé d'échelle. Mes mains étaient moites en plein décembre. Xavier avait dix mètres d'avance.

– Tu n'es pas encore tombée, ma petite pomme ?

L'arsouille, l'infâme. Le truand au cœur sec, à l'âme creuse. Pourquoi fallait-il que je l'aime avec mes mains aux jointures blanches qui refusaient de m'obéir au milieu de cette pitrerie dangereuse.

– Alors ? Tu ne dis plus rien ?

– Ça va aller.

Monter, monter sans regarder les toits rétrécir en contrebas, surtout sans regarder les voitures rabougrir, serrer les mâchoires, un effort atroce et toute ma volonté tendue vers les étoiles, là, au-dessus, à portée de main. Suivre.

– Tu verras, après ça, tu seras vaccinée question vertige.

Héroïque frimeur, tuteur haï qui chantonne en grimpant en ouistiti allègre, laisse-moi avec mon vertige, mes peurs, mon Bambino et le tracteur. Laisse-moi. Xavier se rejette en arrière. Je hurle. Il rit. Voilà le sommet. Il s'offre la détente d'un arceau rouillé dans le creux des reins, les bras étendus, la tête renversée, la pointe des pieds en équilibre sur l'ultime maillon.

– Ne fais pas cette tronche-là !

Je monte les derniers mètres avec la même énergie que si je me suicidais.

– Eh bien voilà ! Maintenant, un petit exercice de relaxation.

Il m'oblige à m'adosser comme lui, tout pareil, et il me tient par les mains, la cheminée entre nous, un tronc d'arbre décapité, allez, la tête à l'envers, très bien, histoire de conjurer la descente, la vie, la peur, l'avenir et tout ça !

– Regarde ! Profite du spectacle. Moi, je vais m'en griller une.

Au loin, les tours des hautes bornes sont amarrées dans la nuit comme une flottille.

– Tiens, tu as dégueulassé ton pull.

Réflexe idiot : je regarde mon ventre. Je découvre l'étendue du vide sous moi. Effroi. Panique indicible. Après, je ne sais plus. Des claques peut-être, des mots criés fort, Xavier avec une énorme lune en auréole autour de la tête, le teint gris, les joues creuses, Xavier sans âge, Xavier…

– Accroche-toi, ne pense à rien ! Accroche-toi, parle-moi. Bordel, tu en verras des pires dans ta vie. Réponds.

– Oui.

– ÇA VA ?

– Ça va aller.

– Parfait.

– J'ai mon tutorat ?

– Ce que tu peux être calculatrice. Minable. Tu comptes tes bons points au bord du ciel ! C'est nul. Je me troue le cul pour t'emmener sur le toit du monde, un plan qui tue la mort, et voilà ! Tiens, je redescends. Ça me dégoûte.

– NON !

– Si. C'est plus drôle.

– NON !

La descente a pu durer mille ans. En bas, je me souviens juste que je tremblais de partout, même du sourire. Xavier s'est allumé une Marlboro. J'ai levé le visage pour voir l'enfer d'où je venais et, très subitement, j'ai eu la colique. Inattendue comme jamais. Juste eu le temps de me cacher derrière une haie de troènes transparents que déjà ça gargouillait affreusement. La courante. La tripe parlait – du coffre, de la voix. Tout le temps que ça a duré, j'étais doublement honteuse à cause du bruit – ces trombes de liquide infect qui coulaient entre mes fesses – et de l'odeur. Je pleurais en silence. Mon ventre n'en finissait plus de dégorger sa terreur liquéfiée. Entre deux spasmes, Xavier a trouvé le temps de me lancer :

– Tu m'en diras tant.

C'était méchant. Abject même. Il était foutu de me retirer mes 3 points parce que je craquais. La tripe ne sait pas mentir un « ça va aller » de pacotille. J'étais dénoncée, accroupie dans ma puanteur, trempée de sueur.

– Ça va durer encore longtemps ce concert ?

Tom Pouce entend bien que j'ai l'esprit ailleurs.

– C'est plus mon tango que tu joues. C'est du n'importe quoi.

Mes doigts tricotent aveuglément sur les touches nacrées qui sonnent mieux que les mots. Non, c'est plus son tango. Oui, c'est du n'importe quoi, il a raison, la musique d'un bout de passé, la tête inclinée sur le soufflet comme un oreiller cartonné, les yeux perdus dans le sillon avalé par la nuit et ses froissements d'ailes noires derrière nous.

– Tu t'y habitues, à ton Menuet Nouveauté ?

– Oui, ça rentre.

7

Quand Xavier partait en fugue, de plus en plus souvent, de plus en plus longtemps, sans jamais me dire où, le Vieux Pays me semblait lugubre. Les pensionnaires de la Dauphine et les arpèges du tracteur ne suffisaient plus à égayer le paysage. J'attendais le mercredi et le vendredi, les jours de leçon chez Monsieur Mario Nucci.

C'était grâce au salaire de Tom Pouce que je pouvais maintenant y aller deux fois par semaine. Le frère était incroyablement généreux avec le fruit de son labeur. Parfois, pour la forme, il rechignait un peu quand La Pie faisait la razzia mensuelle sur son gain.

– Tu me laisses que des cacahuètes !

– Des cacahuètes... ben tiens. Avec mille balles par mois, tu m'en diras tant ! Qu'est-ce qui te prend, Lloyd ? Tu veux t'acheter un costume ?

– Non.

– Un smoking ?

– Non.

– Alors ? À quoi ils te servent, tes sous ! Il te faut assez pour boire ton coup avec les copains, d'accord ; payer une tournée quand il faut, très bien ; et t'acheter tes cigarettes. Voilà.

– Et mes yeux.

– Quoi, tes yeux ? Ah non, ne me dis pas que tu as recommencé tes saletés d'empaillages. Je ne veux plus entendre parler de ces tueries. Non, sérieusement, tu as un bon coup de fourchette, mon crapaud. Et oui ! Avec quoi je vais faire la tambouille, moi ? Hein ? C'est pas les allocs qui nous nourrissent. Déjà que l'accordéon nous coûte six cents balles par mois et Monsieur Nucci 200 par semaine... Sans compter Monsieur Spar... Tu sais compter, fais le calcul.

– Il a pas accepté, pour les ménages ?

Ah, quelle gêne cette histoire de ménages. Un embarras terrible. Les cours nous coûtaient vraiment trop depuis que mes progrès nécessitaient deux heures de leçon par semaine. Ma mère avait calculé, réfléchi, compté et recompté encore jusqu'à ce que, les yeux déboulonnés, elle se décide à aller tout expliquer à Monsieur Nucci. En une phrase, notre situation fut déballée au grand jour. Simple : on ne pouvait plus se permettre. Voilà. Ça faisait mal à dire mais c'était dit ! Une leçon valait déjà pour des kilomètres de travail dans les champs, alors deux, c'était plus possible. Un luxe. On laissait tomber. Tranché.

Lui, craignant que sa petite perle Pie-pichenette ne vienne plus le voir et ne laisse plus un gentil billet de 200 francs plié en quatre sur la table, avait trouvé une solution. À son sens, c'était dommage de me limiter, de ratatiner mes élans. Ma mère avait raison : j'avais du talent, mais si mais si, à noter qu'il ne dirait pas la même chose de tous ses élèves ! (Il n'en avait que deux...) Passons.

Et de l'oreille. Oui ! Ce qui est rare. Très. Le rythme dans le sang. Il fallait profiter tant que j'étais jeune. C'est à mon âge que les petites assimilent le mieux. Pas sacrifier le destin d'une mignonne, sa vocation, sa carrière. Car bientôt, dans cinq ou six ans, c'est moi qui rapporterai des sous. Je ferai des attractions, des galas par les comités d'entreprise et je donnerai des cours aux petites. Mince, il visait loin, cet homme-là !

Ma mère n'avait toujours pas quitté son air éteint. Un sou reste un sou et un Nucci coûte un Nucci. Il pouvait bien causer de mes talents, ça ne changeait rien à la situation, à « notre passage à vide », comme elle avait élégamment maquillé le désastre. Vu qu'il m'aimait bien, qu'il comprenait au quart de tour nos ennuis, il avait eu l'illumination : en plus de ses ménages en ville, La Pie ferait son appartement deux fois par semaine ! Qu'est-ce qu'elle disait de la trouvaille ? Ça économisait une leçon par le miracle dégradant de l'eau de vaisselle et de la poussière, topez là, merveilleux, qu'on est tous du même bord, qu'il n'y a pas de gêne à ne pas être des milords, que lui aussi a été jeune et fauché, le diable par la queue, il le connaissait dans le blanc des yeux, d'ailleurs il le connaît encore très très bien, celui-là.

– Installez-vous, Paulette. Défaites-vous. Mettez-vous à l'aise.

Ma mère dégrafe son imper et ajuste le tir de sa ceinture dorée, fine comme la lame d'un fouet qui comprime sa taille en toutes saisons. Son baromètre, cette unique ceinture, pour indiquer qu'elle est encore fine, sa taille, malgré sept grossesses. Elle est incrédule que les choses se règlent si facilement. Elle essaye de le charmer un peu, juste un petit peu, par réflexe. En fait, elle est intimidée.

– Ça fait trop cher, 100 francs pour une heure de ménage… D'habitude, je prends moins…

Quelle cruche ! L'honnêteté butée. Payer le travail à sa vraie valeur. Alors que ça passait en douceur. Une lettre à la poste ! Nucci ne s'attendait pas à cette réponse.

– Quand on veut on peut. On trouve toujours une solution pour dépanner. Il suffit de savoir s'entendre, de se comprendre, se causer sans faire de façons, de chichis. Y aura qu'à faire le linge aussi…

– Là, c'est d'accord.

– Allez Paulette, on trinque. À vos amours !

– Oh, ceux-là !

– Alors à ceux de votre fille.

– Oui. (Les verres de Suze font cling-cling. Je trinque au jus d'orange, ce qui ne rend pas le même cling). Dis merci, Réjane, remercie Monsieur Nucci, lui qui t'aime comme un père…

Au mot « père », sa voix s'effrite. Ma parole, elle va pleurer de reconnaissance.

– Merci.

– Allons, mon petit, allons. Si tu me remportes le premier prix aux Olympiades de Bezons, je te fais une semaine de leçons gratuitement. Je suis sérieux.

Toc, une pichenette sur la joue.

– Si vous lui dites ça, vous pouvez être sûr qu'elle va mettre les bouchées doubles. Déjà qu'elle y travaille tout le temps, à son instrument. Pas comme l'école… Ça, elle n'aime pas.

– Les goûts et les couleurs…

– C'est sûr.

– Absolument.
– On dirait pas comme ça…
– C'est vrai…
– Une artiste, une bête à part…
– Faut la prendre comme elle est.
– Voilà ! C'est juste les mots que je cherchais !

L'instrument m'enfonce la poitrine, me courbe les épaules, me rapetisse. Il va falloir que j'assure sévère. Dorénavant, tout le monde est mouillé dans la rumba, et plus seulement Tom Pouce. Le poids de la reconnaissance. Faire ses preuves. Ne pas décevoir. Un vrai avenir pour de bon. Ma mère a cinquante-cinq ans et mal aux reins. Tout ça dans le jus d'orange. Cling-clung.

La Pie s'incline, remercie, bénit Mon Dieu au passage, elle est radieuse, une énergie phénoménale, un appétit de travail, et que Monsieur Nucci n'a pas à se faire de souci car sa fierté à elle, Attila du ménage, sa devise tient en une phrase, « là où je suis passée, on pourrait manger par terre », tellement c'est nickel, reluisant, rutilant parfaitement, remis à neuf, en l'état, elle récupère tout, des casseroles aux gazinières encroûtées, elle a de l'huile de coude, et à revendre ! Pas des feignasses dans la famille. Désinfecté. Javellisé. Repassé. L'affaire ne fait pas un pli, dans la poche. Dernière tournée avant le retour.

– Bien sûr que si, il a accepté ! Mais ça ne suffit pas. Et puis arrête de te curer le nez, c'est dégoûtant.
– Prout de cul.
– N'imite pas ta sœur.

Rapidement convaincu, Lloyd fait grand seigneur. Une fois de plus, il verse son salaire à La Pie qui, en échange, lui redistribue de l'argent de poche. Xavier ne peut pas comprendre, lui, les enjeux ribouldingués dans le soufflet de l'accordéon.

– Je ne veux pas que ma fille se tape ce que je me suis coltiné à son âge.

Depuis la Suze historique, La Pie accepte, encourage haut la main mes séchages continuels de l'école. L'accordéon est le retable de ses espoirs. Elle prend la peine de me conduire sur la mobylette. Nous partons très en avance pour que je ne fasse pas attendre Monsieur Nucci et aussi parce qu'elle meurt d'envie de le retrouver, ce « garçon-là ». Elle en pince… c'est évident. Ma mère dit toujours « garçon », même pour des types de soixante piges ou plus. Ce « garçon-là » vit apparemment en solo. Encore bel homme, soixante-deux ans. Un petit jeune. Maintenant, dans la cuisine, ses slips sèchent au milieu des gros soutiens-gorge, des culottes effroyables avec des marsupilamis, des imprimés cocasses.

Le paysage a été si bien déchiqueté à coups d'autoroutes, de bretelles d'accès, d'entrées, de sorties, de pistes d'atterrissage et de TGV que les vieux chemins ont disparu. La Pie ne s'y retrouve plus. C'est dire ! Il nous faut emprunter la bande d'arrêt d'urgence de l'autoroute sur quelques kilomètres pour rejoindre les temps modernes. Nous faisons très attention, conscientes du danger, poussant à son maximum le petit moulin du moteur chauffé à blanc. Des bolides nous frôlent. Je vois des fractions de regards derrière les vitres, des gamins nantis qui ont pitié, qui rient et nous pointent du doigt. Du coup, je préfère regarder du côté du rail en fer et des téléphones orange. Ma mère porte son imperméable gris souris, « spécial sorties », des collants et des chaussures compensées marron. Les jours où elle travaille chez un client riche, elle met sa robe en panthère et les talons aiguilles que je tiens à la main le temps du voyage. Pour ne pas abîmer. La veille, elle a fait ses ongles en nacré. Entre ses jambes, un sac de toile haut comme un polochon ramène à Monsieur Nucci ses effets repassés. Ligoté sur mon ventre, mon Menuet fait fonction d'*Air Bag* en cas de pépin. Après le cours, on ira chez McDonald's.

J'ai du mal à jouer depuis que je l'entends, timide, faisant le ménage en silence pour ne pas gêner, se faire oublier, dans la cuisine de Monsieur Nucci. Derrière la cloison, je devine qu'elle fait couler l'eau goutte à goutte pour ne pas déranger – ce qui m'agace malgré moi, malgré elle –, qu'elle manie la vaisselle du bout des doigts sans jamais entrechoquer les assiettes. La serpillière glisse comme une caresse savonneuse sur le lino. Elle l'essore lentement. Crouiiiic, floc-floc-floc... Floc... floc... Ça me déconcentre. J'y peux rien ! C'est psychologique ! Je fais beaucoup plus de fausses notes qu'avant. À chaque fausse note, je sais qu'elle sursaute. C'est comme des pièces de 10 francs qui tomberaient dans le ruisseau. Les minutes se traînent. Monsieur Nucci me trouve mal lunée. Toc, pichenette sur la joue droite.

– Travaille ta main gauche !

Au retour, même harnachement avec, en plus, un Big Mac dans sa petite boîte pour Tom Pouce, lui qui ne va pour ainsi dire jamais en ville. Il aime bien, réchauffé, le soir, en apéritif.

Ma mère fonce. De son casque obtus s'échappent de longues mèches grises balayées au vent. Autoroute en sens interdit. Vrouuum. Petite route, carré de maïs. Notre nid-de-poule, hop. Le lampadaire est allumé. Dire que c'est nous qui ruinons la France à consommer de l'électricité en douce, à dilapider le patrimoine ! Ce qu'il ne faut pas entendre.

La Pie ralentit et s'aide de la pointe du pied droit pour faire tourner la mobylette dans la cour de chez Maman Lecerf – je n'arrive pas à dire « chez nous ». Nénette passe à portée de voix.

– Ça va, la championne ?

Ma mère coupe le moteur et enlève le casque. Ses cheveux sont dressés en l'air comme de terreur. Elle est drôle et terrifiante à la fois, avec de l'électricité plein la tête.

– Qu'est-ce qui ne va pas, Paulette ?

– Mal au dos.

Tout à coup, je me sens près de pleurer. Inattendu, ce lacet de douleur qui m'étrangle. Je ne sais pas... Les sous économisés par Nénette et René pour l'accordéon, la peur de les décevoir, tous, le manque de Xavier, son mépris, et le grand frère sur son tracteur qui vient de perdre une dent, devant. Les voitures qui doublent en nous klaxonnant comme si on ne savait pas que c'est interdit de prendre l'autoroute à contresens. La peur de se faire coincer par les flics un de ces quatre. La mobylette qui n'est pas assurée. Les coutures de la jupe qui vont craquer au-dessus des ressorts. J'ai pas les épaules assez solides. Je les mets tous dans le caca. Au fond de moi je n'y crois pas à la légende Yvette Horner. Il y en a une sur dix mille qui réussit, qui « pointe », et encore… C'est passé de mode. Je vais tout planter.

Et Mario Nucci pue de la gueule. Voilà, c'est dit : il pue de la gueule. Ça me donne la nausée. Surtout quand il me parle de trop près avec un nouveau sourire, quand il s'attarde longtemps à régler le harnachement de la nouvelle courroie en cuir – avec dorsale à 490 francs –, qu'il me titille le cou et ricane de mes futurs seins, qu'il faudrait pas qu'ils poussent trop gros ni trop vite, encore que… Qu'il glisse son genou entre les miens, que je devine facilement comment avoir des cours gratos d'ici à quelques années. Pas folle. Le gonflement entre ses jambes, là où le pantalon en Lycra est luisant. Oh oui, je grandis. Il va me sauter, c'est tout vu ! Les journaux en regorgent d'histoires comme ça. Et ma mère qui quémande sa bise sur le palier, que ça l'électrise les moustaches de Mario et que ça me fait honte et pitié.

Que tout ça va virer au tragique s'il se permet de me refourrer une main sous la jupe comme aujourd'hui ! Je vais lui foutre sur la gueule un vrai pain ! D'ailleurs, je ne sais pas ce qui m'a retenue… je m'en veux d'avoir rien dit comme si j'étais d'accord. Le floc-floc-floc-floc derrière la cloison peut-être… ou le rouge sur mes joues. Si je déballe tout, La Pie me traitera de garcette, je l'entends déjà, vicieuse, esprit mal orienté, petite aguicheuse, perverse-pense qu'à ça, salace, graine de « touche-pipi » qui aura excité le pauvre garçon bien malgré lui… Neuf ans ! Qu'est-ce que ça va donner, une pisseuse de neuf ans qui pense déjà à « ça » ? Hein ? Je vois le mal partout.

– Il t'aime comme un père, Monsieur Nucci.

Dans de gros gants de laine, elle cache ses mains violacées par le froid. Un parfum d'eau de Javel.

À qui le dire ? Comment le dire ? Dire quoi ?

Nénette voit tout ça.

– Viens prendre ton goûter à la maison. J'ai fait un clafoutis avec les cerises du jardin à René.

8

Mes goûters chez Nénette sont toujours de grands moments de détente. Le n° 17 – « *Chez nous* » – est squatté depuis si longtemps qu'il a tout d'un intérieur bien mis, propret. Nénette a toujours besoin de faire fonctionner ses drôles de mains où les doigts ne sont plus dans l'axe de rien, tordus comme des fils de fer à boules. Elle cuisine à la diable, nettoie, frictionne, tricote mais préfère surtout le crochet.

– Moi, sans mon crochet, je suis perdue.

Nénette met en avant ses petites habitudes, ses banalités qu'elle érige en flambeaux d'originalité.

– Moi ? boire du lait en carton ? Jamais. Tu pourrais me passer dessus que je n'y goûterais pas. Pareil pour René. Tu peux lui demander, tu verras ce qu'il te dira.

Leur couple – le seul stable au Vieux Pays – me semblait une communion rarissime entre deux êtres partageant un même entrelacs de goûts très spécifiques et catégoriques. Pas étonnant que la plupart des autres vivaient seuls ! Statistiquement, il semblait incroyablement difficile, voire impossible, de trouver quelqu'un, qui, comme René, aimait tout pareil que Nénette.

Avec ses grosses lunettes qui s'encastrent dans le nez fait juste pour les montures, elle parvient à ouvrager des miniatures de grand art en dentelles.

– Nénette, elle n'est pas difficile. Avec son crochet et de la ficelle, elle ne s'ennuie jamais.

Elle m'enseigne son art, un point à l'endroit, deux à l'envers, un de travers... Mon napperon tout foiré est accroché au mur. Chaque meuble est décoré d'un petit chapeau blanc en dentelle. Sur la table, une assiette m'attend à côté de mon bol à chocolat chaud décoré d'une décalcomanie. Avec le temps et les vaisselles, Mickey a perdu un bras, ce qui ne l'empêche pas de continuer à sourire. Au centre de la toile cirée, des feuilles de lierre élimées courent sur des briques et un grand plat doré embaume.

Ici, je connais tout par cœur, les tableaux de Venise au mur, le calendrier offert par un restaurant chinois, le catalogue des Trois Suisses, l'odeur de pâtisserie qui couvre celle d'humidité, de moisi et caramélise la chaleur du poêle, les angles où la toile cirée est craquelée et laisse apparaître sa trame blanche. Dans l'ombre, Nénette se tient debout contre l'évier, la main sans cesse prête à saisir l'éponge. Cent fois par jour, elle passe un coup pour enlever les miettes gorgées d'eau, les taches de café, de vin. Ne pas attirer les mouches. Tiens, en voilà deux acoquinées qui viennent s'engluer dans un vrombissement dégueulasse et kamikaze droit sur le serpentin jaune qui s'alourdit, se défrise chaque jour. Toc. Elles grésillent dans la glu. La pitance pour le héron. J'ai ma boîte à mouches sur moi.

Sans cesse, la télé marche pour la compagnie. La table est placée entre la télé et le canapé marron.

Quand René est là, surtout en hiver où les jours trop courts l'empêchent de tenir dix heures d'affilée son potager, il s'installe les jambes écartées au milieu des milliers de coussins en crochet – durs et ronds comme des melons sous les fesses – et regarde en silence. Le peigne dessine des sillons dans ses cheveux humides qu'il vient de recoiffer en arrière. Il fume et inspire fort sa première bouffée. Ensuite, je compte le nombre d'expirations. La première, lourde comme sortie des naseaux d'un dragon, la deuxième plus légère. Parfois, il en sort jusqu'à quatre de son nez et, à la cinquième, une volute presque invisible s'enlace encore à l'obscurité. C'est seulement quand il n'a absolument plus rien dans les poumons qu'il reprend une taffe. Sa moustache est blanche avec deux touffes marron sous les narines. Entre l'index et le majeur de la main droite, on retrouve le même marron. Il remonte ses manches. Les tatouages s'entrelacent avec les grosses veines bleutées ou vert sombre, un bout de sirène mauve, des lettres, un petit pendu comme au jeu du pendu. Le plus beau tatouage part de son coude gauche et déploie une toile d'araignée sur l'avant-bras. René est plus jeune que Nénette de dix ans – elle est de la même année qu'Elizabeth Taylor – mais cela ne se voit plus. Leur chien, Fax, regarde aussi la télé en silence.

Nénette soulage ses jambes en les posant sur un tabouret. Pour la circulation. Elle soulève un peu sa jupe et masse un bout de mollet difforme, varicé de cordages noirs et violets. Elle me demande mon avis.

– Tu as vu celle-là ?

– C'est une nouvelle ?

– Non, elle a gonflé. Parce qu'il fait lourd. Regarde, on dirait une noix. Si je m'écorchais avec une ronce… Une égratignure. Je n'ose pas imaginer. Et mes chevilles… Tu as vu mes chevilles. Qu'est-ce que tu en dis, mon petit ?

– Elles sont comme d'habitude.

– Tu es gentille mais ce n'est pas vrai. De pire en pire. C'est à force d'être debout. J'ai trop longtemps travaillé debout. Ça se paye. Tu ne reprends pas de clafoutis, mon petit ?

– Si.

Après le goûter, je me blottis entre eux deux et nous regardons ensemble les jeux ou les dessins animés. Ici, j'ai le droit de sucer mon pouce. Pas de taloches assorties de : « Arrête ! Tu vas te faire des dents de vampire ! »

Nénette décapsule mon yaourt et le fait « chauffer » en tournant à toute allure la petite cuillère dedans. Tac, tac, tac, tac, tac, tac… Un vrai mixeur. Des habitudes de très loin. Des petites manies autorisées ici…

– Tu vas arrêter de faire tourner Nénette en bourrique ! Déjà qu'elle se couperait en trois pour toi !

– C'est quand même pas ma faute si je n'aime pas le froid sur les dents !

– Tu l'aimes bien ton nouvel accordéon ?

– Oui.

À nouveau, l'idée de mon avenir artistique papouillé en silences de honte me serre la gorge. Je voudrais laisser tomber et récupérer mon vieux

Bambino. Je veux plus du sadique, de l'obsédé sexuel. Je crache un noyau de cerise.

– Je les ai laissés exprès… pour donner du goût. Les noyaux. René, il préfère sans…

Nénette ne force jamais à causer. Elle s'approche en boitant et défait le nœud qui me donne l'allure d'une Minnie Mouse.

– Ho là là, ce qu'ils sont emmêlés. Je ne peux pas te faire ton shampooing. Je n'ai plus d'eau chaude dans la bouilloire. Tu reveux un morceau ? Tu as eu assez ? Tiens, mange ton yaourt vanille. Il est bien chauffé.

Jamais, pour tout l'or du monde, jamais l'un de nous ne mangerait un yaourt à la fraise depuis la lecture d'un fait divers terrible. Une Américaine, tranquillement, savourait son yaourt quand un quelque chose rose craqua sous sa dent. Pensant que c'était une grosse fraise pas mûre, elle recracha… Horreur ! Un bout de petit doigt avec encore l'ongle et tout ! Elle hurla, vomit et perdit tous ses cheveux d'un coup.

– J'ai plus faim…

– Viens t'asseoir à côté de ta Nénette. Je vais te coiffer. Mais d'abord je vais aller vider ma vessie.

Pour faire pipi, elle a plein d'expressions : « le petit coin », « là où personne ne peut m'accompagner », « la petite commission », « laisser un souvenir ».

Nénette est la seule à supporter ma tignasse et ses innombrables anglaises. Mes milliards de tifs noirs qui frisent et crêpent à la racine, La Pie ne les encaisse pas. Il paraît même que je serai poilue du front et moustachue plus tard. Enfin, ça s'épile, mais c'est du soin.

Nénette ouvre le tiroir de la table de chevet surplombée d'un petit vase en cristal et sort un peigne bleu. Elle se met au travail. Il faut occuper ses mains marbrées de continents bruns, striées en mappemonde où je peux suivre les méandres d'une ride profonde comme un fleuve filant se perdre dans le delta de la paume. Aussi délicate que pour le crochet, elle parvient, mèche après mèche, calmement, à tout démêler, même les nœuds condensés en foin de trois jours – et cela sans jamais tirer un cheveu ou s'énerver. Je ronronne. J'adore. Ce sont les seuls moments où j'ai droit aux cheveux libres, volumineux, un joli poids qui suit les mouvements de mon cou et me caresse les reins. Après, c'est la barrette au milieu de la tête qui laisse retomber mes tifs, technique saule pleureur, et l'heure des infos, et René qui va rentrer, « Réjane ! À table ! » et je retourne à la maison Lecerf pour dîner.

Avant que ses jambes ne se tordent comme ses mains et gonflent, j'emmenais souvent Nénette à la fouille. Nous sommes des cracs de la « récup », toujours un petit quelque chose à grappiller, un vieil évier impeccable, des fagots pour le feu, une tasse. Des carrelages pour faire dessous-de-plat. Nos expéditions se font rares, la décharge n'est pas tout près. Quand Nénette arrive enfin au dernier bastion d'indéfrisables, je lui propose :

– Tu veux qu'on aille faire un tour à la fouille, Nénette ?

– Non mon petit. Il est trop tard. Et puis, mes jambes, c'est plus ça qu'est ça. Que veux-tu. Faut faire avec. Je n'ai pas le choix.

– Et en vélo, tu pourrais ?

– Si c'est toi qui pédales, oui !

On continue à causer. Je m'imagine à vélo, tirant Nénette bien installée dans une petite carriole encoussinée, entourée de guirlandes en dentelles avec Fax qui gambaderait à nos côtés.

L'idée a dû germer comme ça, dans le fouillis de mes cheveux et la précision de ses mains, parce que, pour mes 9 ans, j'ai eu un vrai vélo neuf. La Redoute qui me l'a porté. Un VTT rouge, sept vitesses.

– La Redoute, ça craint ! a lancé le Gros Maurice en apprenant le montant de la note.

– Tu as tort de dire ça ! C'était une promo.

– Mais le tort-tue, Paulette ! Le tortue !

Paulette sourit alors que Maurice s'en repart dans sa tanière en crachant de rire, emporté par une quinte de toux qui assourdit le décollage du 747 de British Airways.

– Il tousse trop, ce garçon-là. Il devrait arrêter de fumer… Je n'aime pas cette toux, ça sent le cancer. Sans compter qu'il ne bande plus, pour ainsi dire.

Voilà qui semble l'inquiéter, cette histoire de bander. Je pense à un autre homme de notre troupeau pour venir à la rescousse.

– Et René, il bande encore ?

Avant la réponse, j'ai pris la gifle.

– Qu'est-ce qui te prend de penser à des saletés pareilles ! Ce n'est pas une salope, ta mère ! Je ne vais pas piquer le Julot à Nénette ! C'est sacré ! Un brave garçon, un qui en a bavé, René. Pour de bon…

J'ose pas dire que Nucci, il bande encore, bien que l'occasion d'en parler soit à portée de main…

Depuis l'expulsion du n° 22 et l'installation au n° 14, Christine n'est plus seule. En route, elle s'est trouvé un homme à nom de bonne femme – Jacky, comme la Kennedy ; pour moi il pourrait s'appeler Claudine, ça aurait le même effet comique –, ancien boxeur sorti de l'inconnu avec une trogne en pâte à modeler et des paluches poilues. Du coup, La Pie ne les fréquente plus, les Marlois. Elle trouve que Christine s'est pris un vilain coup de vieux et que son bonhomme est mauvais genre. Ce crétin joue au Loto, craque en Crac-O-Tac, Millionnaire, Banco et autres turpitudes. Un attardé mental. Ma mère ne se cache pas pour lui dire, et bien fort – il en aura pour son grade –, ce qu'elle en pense des loteries attrape-cons :

– Tu ne peux pas gagner ! C'est statistique. C'est même génétique.

Et, si cela ne suffisait pas à le griller, voilà que le nouveau Jacky fricote ouvertement avec KungFu, lequel traficote dans les phares et les portières volées. Un vrai magasin dans l'ancienne grange Belargent. Des dizaines de phares dévissés proprement, clignotants avant, arrière, rangés par marques. BMW, Golf, Mercedes, le trio gagnant.

Régulièrement, La Pie menace de prévenir Lapin Jean-Jacques, ce à quoi KungFu lui répond que sa mobylette grise ferait un beau feu de joie. Donnant donnant. Alors ma mère se tait et plaint Xavier, le rousselé, qui écope d'un pareil beau-père.

– C'est pas mon beau-père ! J'en ai rien à cirer de ce keum.

– Arrête de faire ton loubard. Tu es re-lou. Dis-moi, elle ne serait pas enceinte, Christine, des fois ?

– Je m'en fous. Je nique ma reum ! Je nique la terre entière.

Mais c'est pas vrai ! La voilà qui pique encore notre langage canaille. Il faudra nous trouver une langue rien qu'à nous, Xavier et moi, une d'ailleurs, une qu'ils n'entraveront jamais.

Ainsi, notre renégat princier, notre cheval noir du troupeau filerait un mauvais coton, tournerait en mauvaise graine. Là, pour le coup, ce n'était pas nouveau. Depuis des années, les suppôts de la DDASS tentaient régulièrement de capturer Xavier lors de leurs expéditions punitives. En vain, il n'était jamais là ; Christine non plus, évaporée ! Ils n'avaient plus que la toute vieille ne sachant même plus qui elle était à se mettre sous la dent. Les chiens avaient fait à merveille leur boulot de sonnettes préventives.

La vraie nouveauté, c'étaient ses fugues et la solitude qui s'ensuivait. Je grimpais sur mon VTT et pédalais à haute voix.

– Salaud. Pourquoi tu es parti ? Où tu es parti ? Pourquoi tu ne m'emmènes pas ? Qu'est-ce que je vais devenir, moi, seule ici ? Mais qu'est-ce que je vais devenir ?

Cette question – la même que se posait Nénette – avait un pouvoir lacrymal immédiat et je pouvais pleurer sans témoin jusqu'au trou dans le grillage des pistes de l'aéroport. Je faisais la tournée des collets, ramassais trois lapins presque décapités. Des protéines. De la viande. Bon pour les vieux. Bon pour les varices de Nénette. Alors tout me semblait vieux autour de moi. Rien que le nom de notre village. Franchement, il n'y en a pas trente-six mille en France, des panneaux avec écrit « Vieux Pays ».

Pour me venger, j'allais à l'école où Xavier projetait de foutre le feu. Quand Xavier avait vraiment fugué loin et que je me sentais trop seule sur le garde-boue du tracteur, dans la Dauphine ou les squats glacés, j'y allais deux semaines d'affilée.

À petite dose, au temps des petites classes, c'était drôle les études. Il nous était arrivé de débarquer en expédition pour changer de notre désertage inégalé tous les deux, Xavier et moi, après avoir pris le car. On avançait de front face à un immeuble couvert de carrelages et de vitres. D'emblée, le cérémonial « Debout-assis, présent-absent » se taillait un franc succès.

– Réjane Pie...

– Présente !

– Tiens, tiens ! Belle surprise ! On est gâté aujourd'hui... et Xavier doit pointer chez les grands, en sixième.

– Oui.

– Il ne faut pas venir trop souvent, les enfants ! Vous allez vous fatiguer !

Ce jour-là commençait fort mal. Ensuite, il fallait écrire trois mots et... clingggg... la récré. Là, je fonçais retrouver Xavier – quand il ne s'était pas déjà fait lourder. On faisait corps, tous pour un-un pour tous, se protéger des méchants, des petits mômes à fric. J'allumais sa Marlboro, illico, une pionne accourait pour lui ordonner de l'éteindre, ce qui provoquait des débuts d'hystérie. Re-sonnette... dringg... et c'était reparti. Réglé comme du papier à musique. Gentil charcutage de la journée à coups de sonneries et d'inepties. Cantine. Je ramasse les petits pots de compote avant qu'ils ne servent de projectiles. Récré. L'après-midi est dédié aux jeux, et, pour finir, le car. Lousseville l'Ancien, terminus. Peinards. Une semaine de gagnée. À nous deux, on avait récolté vingt pots de compote, douze de crème au chocolat et trois kilos d'oranges. Bel effort. Ceux qui étaient condamnés à ce rituel ne se rendaient plus compte de sa drôlerie.

Maintenant que je m'y aventurais en solitaire, les mois sans mon fiancé, l'école me mettait très mal à l'aise ; j'en ressortais au bord de l'anéantissement. Pourtant – pas folle – je ne parlais jamais, je n'ouvrais pas la bouche en devinant confusément que notre jactance vernaculaire me trahirait d'entrée de jeu. Et il y avait eu la rédaction. C'est là que je m'étais fait rouler comme une idiote, une novice en y allant sans complexe de mon stylo. Fiasco. Humiliant, oui disons-le : 3.

– Ne fais pas cette tête-là, ma princesse ! 3, c'est déjà presque la moyenne.

– C'est noté sur 20.

– Quoi ? Ah la salope. Je vais aller lui toucher deux mots à cette garce. 3 ! Avec tout ce temps que tu as passé sur ton sujet. C'était celui du « Décrivez votre plat préféré » ?

Elle avait raison. C'était une salope. Mon instinct ne m'avait pas trompée : dès la rentrée, je lui avais trouvé un titre à rallonges – « La Maîtresse au Plateau de Prouts sur la Tête » –, puisant mon inspiration dans la mise en plis qui bourgeonnait au-dessus de sa vraie sale trogne. Et il y avait eu ce sujet. Non seulement elle avait ridiculisé mon orthographe, repiquant chaque mot de mouchetures rouge sang, mais, plus grave, elle avait ratatiné mon apologie du civet aux morilles sauce kérosène d'une grande biffure : « Tu aurais pu trouver plus simple ! » Aucun respect. Retour à l'envoyeur. Vlan ! Déniaisée en direct. Trop aristo.

Après, à la récré, j'aurais préféré avaler le papier plutôt que de répondre aux « Et toi, qu'est-ce que tu avais choisi comme plat ? » J'avais très bien compris. Il lui fallait du populo. Mauvaise problématique. Eux, les gosses qui ont tout pour réussir, nés du bon côté avec pactole et patrimoine, Papa et pains au chocolat à la sortie ; eux avaient eu l'intelligence tactique et rhétorique de taper dans le menu pavillonnaire, tartinant des pages d'Hippo et de McDo. Des fines gueules du Findus. Tous des malins.

Quand, par une irréparable indiscrétion de La Pie, la Salope apprit que j'excellais en accordéon, tout fut fini.

L'école, je refusais d'y retourner.

Parfois, une conseilleuse d'éducation, d'orientation, une assistante sociale débarquait, courageuse, avec sa petite jupe et son cartable, tentant une percée dérisoire pour dégoupiller les familles et nous remettre dans le droit chemin. Ma mère lui donnait son point de vue : d'abord, j'y allais, à l'école. Parfois, certes, mais quand même ! Il fallait reconnaître mes efforts. Féliciter. S'incliner. Et puis, l'école, ça ne servait plus à rien. La preuve ? Tom Pouce, le seul à rapporter des sous, lui qui avait raté deux fois son CAP agricole, eh bien, il n'avait pas chômé sur les bancs de l'école ! Avec son gros tracteur, justement, il était plus rentable que les bacs de feu Gégène, le certificat d'ingénieur du Gros Maurice ou le CAP couturière de Christine. Démonstration simple. Les diplômes, ces trucs démodés qui passaient la limite de fraîcheur plus vite que les boîtes de conserve, menaient droit dans la gueule du loup, direct aux crocs du chômedu ! Tout vu. Mais si. On en avait des exemples autour. Et plus le vent de la crise soufflerait fort sur la capitale, plus il y en pleuvrait, des diplômés.

La jeune femme rajoutait quelques « quand même » pour la forme, des obligations professionnelles. La Pie jouait alors franco-copine.

– Dites, combien ils vous payent, vous, à faire ce sale boulot ?

– 7 000.

– Quoi ! Brut ou net ?

– Net.

– Oh ma pauvre chérie ! Comme saligauds, ils se posent là ! De l'exploitation pure et simple. Combien vous payez de loyer ?

– 4 000…

– Ben tiens… Ce qui fait que ça vous laisse 3 000 pour vivre, soit 750 francs par semaine, 100 francs par jour… Moins les impôts, l'EDF-GDF, les Télécom, les cigarettes. Comment vous faites ? En ménages, au noir, je gagne mieux ! En plus, je suis mon patron. Personne sur le dos à me crier dessus. Vous avez des enfants ?

– Non.

– Voilà. C'est pour ça que vous restez. Imaginez-vous avec deux petits. Eh bien, vous êtes fichue, si, si ! à la rue ! Question de soustraction… Les crèches, les baby-sitters, sans compter les couches, la bouffe ! C'est que ça mange à la croissance ! Ah, non, non, je ne suis pas d'accord. Ce n'est pas bien votre petit « job ».

L'autre se taisait. Dégoupillée, la grenade. Ma mère donnait le coup fatal…

– Et qu'est-ce que vous avez fait comme études pour arriver là ?

– Un Deug-de-psy.

– Connais pas. Vous n'êtes pas sortie de l'auberge. Et l'essence ?

– Quoi ?

– C'est qui qui la paye ? Parce que ça doit compter, à force, la tournée des villages... C'est vrai, vous faites un peu chauffeur-livreur. Remarquez, il n'y a pas de honte. Mon grand fils, Ludwig le Grand, il est chauffeur poids lourds mais il gagne mieux.

– Ludwig ?

– Oh, vous ne l'avez pas sur vos registres, celui-là... Un grand... Un papa... Ça lui a fait 40 ans cette année, né le même jour que Robert De Niro.

Et crac, la conseillère se trouvait harponnée dans la généalogie de la famille durant une petite demi-heure interminable, forcée au café réchauffé, tuyautée sur des vraies affaires de femmes... Quand on est jolie, pas besoin de s'emmerder. Il faut savoir se débrouiller... Il y a assez d'hommes seuls sur cette ronde de terre ! Elle est mariée ? Non, ce n'est pas par indiscrétion, juste pour savoir... des fois... Quoi ? Seule ! La Pie en était sûre. Il n'y a qu'une femme seule pour accepter un boulot dégradant pareil comme ça. Et comment elle se débrouille si mal pour ne pas s'en trouver un Julot plein aux as ? Elle a du charme, pourtant. Jolie, la pauvre chérie... Mais si, allons donc... Réjane, elle qui sera une « belle femme », pas question qu'elle s'use dans des bureaux ou derrière la caisse d'une supérette ! On ne fait pas des enfants pour les voir partir en esclavage. Déjà qu'on l'avait privée de ses grandes filles, Marie-Amédée, Victoire-Reinette et Esprit-Angélique, balancées comme des boules puantes dans des familles d'accueil... Sa dernière, moi, Réjane, elle n'allait pas la laisser filer comme ça. Oh que non ! D'ailleurs, la conseillère, dès qu'elle aura un pantin dans le tiroir, elle sera d'accord et saisira l'esprit maternel. C'est comment son nom, déjà ?

– Anne.

Anne s'en allait complètement déboussolée mais rassurée quant au dossier scolaire. Tom et moi savions lire, écrire, et compter. À notre vitesse, et alors ? Qui ça regarde ? Tom était plongé depuis six mois dans un Harlequin de la collection à Monique Talon, une histoire de princesse russe qui fricote en traîneau avec des grelots sous la neige... Sa nouvelle fiancée, la Tatiana, rangée parmi les bêtes empaillées multiformes. Dans son atelier-bureau du manoir, il cachait aussi ses pornos calmants, les grandes œuvres de la Veuve Poignet, rapport aux photos plus qu'au texte, achetés par ma mère à Lousseville Ville Neuve.

– Allez, bonne route. Tiens, je vous bise, Anne. On est comme ça au Vieux Pays ! Pas de chichis. Si on aime, on le dit. Faites attention avec votre petite R5. N'allez pas rouler trop vite... Du papier à cigarettes, ces engins-là ! La fille de Cochon...

– De qui ?

– Cochon. Vous savez, les manouches, à l'entrée, avec la Mercedes et la caravane... Elle est morte là-dedans, l'an dernier... Et oui. Un 13 novembre. Une R5. Pareille mais rouge. Cochon ne s'en remettra pas. Non. Non, non. Elle a passé l'âge pour en avoir d'autres... Il lui reste son Marcello...

Moi, heureusement, après Marc-Alexandre, je me suis rattrapée.

– Marc-Alexandre ?

– Lui non plus il n'est pas sur vos listes. Il est mort. Allez, bonne route, Anne… Et pensez à ce que je vous ai dit sur votre petit salaire. Ils vous escroquent. Il faut savoir se battre. Sans compter qu'une femme, ça a mieux à faire que chauffeur ! Le temps passe vite, dès qu'on a le dos tourné… qu'on se retrouve la gueule enfarinée… et toute seule ! Réjane va vous raccompagner à votre petite bagnole.

À mon oreille, elle chuchotait : « J'espère que KungFu lui a pas dézingué ses phares… »

Anne s'en allait au bord des larmes. La Pie portait l'anarchisme scolaire sereinement. Moi aussi. Les phares et les clignotants de sa R5 étaient tous en place.

Un jour d'héroïsme, j'étais allée pointer en hommage à Anne. Dès que la porte coulissante du car me déposa au bord de l'autoroute, à deux bornes du Vieux Pays, je courus enfourcher mon VTT et allai visiter mon territoire sacré.

– Tu retournes à l'école maintenant ?

Xavier. Xavier est revenu. Mon cœur tambourine. Ne pas montrer mon bonheur, ne pas poser de questions, ne jamais allusionner à ses secrets au risque de le voir repartir aussitôt.

– Ouais… Je me faisais chier…

Ensuite, comme dans le temps, on a mangé des Figolu en regardant par le pare-brise éclaté les avions décoller droit au-dessus de nous. Très impressionnant. Plein phare sur le cockpit. Xavier avait mûri une idée.

– Tu sais quoi ?

– Non.

– Je vais me tirer.

C'était plutôt l'inverse qui m'aurait étonné ! Enfin, je continuais à mastiquer en silence pour faire solennelle.

– En avion.

Quoi ? Je déglutissais ma bouchée tout à coup dure à passer. Mince, il y allait fort. Ses yeux se délectaient de la cambrure du Boeing Japan Airlines.

– Marre de me taper le stop et les cars pour Amsterdam ou Londres. Le pire, c'était Belgrade ! Quinze heures avec des pèlerins qui ne parlaient même pas anglais.

En un instant, j'imaginais la rue Brûlée sans plus jamais Xavier, ce qui me parut tout bonnement impossible. D'une voix blasée, je posais une unique question :

– Où ?

Je m'en fichais totalement de la destination ! Le Brésil ou Bezons, le Pérou ou le Perreux, cela m'importait guère. Tant que j'étais avec Xavier, la terre continuait à tourner.

– Je ne sais pas encore… J'y réfléchis. Ils changent les avions de place. Pas facile de prévoir les compagnies. Pendant une escale, c'est faisable. Moi, je me tire de ce bled, ça, c'est sûr ! C'est le cul du monde ici. Je m'arrache. Je gicle. Surtout depuis qu'il y a ce gros connard de Jacky à la maison, je zone.

– Moi aussi.

Je l'étonne. Je l'impressionne par mon impassibilité.

– Tu veux venir ?

– Ouais.

Ma détermination fait mouche. Qu'est-ce qu'il croit ? Bien dressée, sa petite pomme ! Non, je ne lui offre pas de réponse frileuse, des « je sais pas », « faut voir », « j'ai peur », « pas quitter ma famille »…

– D'accord.

Sans ajouter un mot, il me tend un cahier très détaillé, couvert de chiffres, d'horaires, de noms de compagnies, des colonnes noircies sur des pages et des pages, et un plan général de Roissy en couleurs.

– Comment on fera pour monter sans billet ?

– Les soutes…

– …

– Les bagages ! Tu te glisses entre deux valoches… Fastoche ! Les types tournent la tête. Ils ne te voient pas entrer.

– C'est pas dangereux là-dedans ?

– Ah ! ne recommence pas !

– Non, je demandais juste comme ça, pour savoir.

– C'est là que les richards font voyager leurs bêtes. Qu'est-ce que tu crois ? Que les chiens de races un peu zarbis et les chevaux de course ils ont un siège avec une ceinture ?

– Je vois.

J'étais ébranlée par la fermeté de sa décision, par l'évidence et la simplicité d'une idée de génie, sa précise concoctation. Mario Nucci serait bien emmerdé, pourrait plus me peloter, ma mère l'épouserait, ce qui lui donnerait la certitude d'une maison même bien après mes dix-huit ans. De ce côté-là, c'est parfait. Tom Pouce garderait plus de sous pour lui. Nénette et René, je leur enverrais des cartes postales. Au Gros Maurice aussi, avec des filles à poil dessus et des messages rigolos. Plus jamais d'école. Bon débarras. Adieu les vieux, le champ, le froid. De l'air, des vacances, et loin, plus loin qu'aucun des petits richards n'était jamais allé.

9

Après une bonne nuit à rêver de pays semblables au Menton de la Monique Talon où de grosses villas nichées comme des crabes roses entre les rochers m'attendaient venir au soleil des Caraïbes, je sortais sur le pas de la porte, enroulée dans mes peaux de lapin, rapport à la frisquette. Le ciel était étrangement clair. Des oiseaux chantaient dans l'air d'hiver. À croire que mes perspectives d'avenir changeaient la face du Vieux Pays. Un drôle de bruissement froissait mes oreilles. Il y avait un étrange silence. Monique Talon s'en revenait du Spar, *Détective* grand ouvert à la main, les charentaises au ralenti. La une : « Son assassin l'attendait dans le tiroir. » Ben tiens.

– T'es pas à l'école, toi ?

– Non.

Elle s'en fout. Son article la passionne, la secoue.

– Oh, c'est pas vrai ! C'est pas croyabb'… Quoi ? Quelle horreur ! Ah, je te jure, on vit dans un de ces mondes… Il y a des gens… Mais des gens… C'est à vous dégoûter de l'humanité.

Sa main dessine une spirale qui part de la gorge et tourbillonne jusqu'au ventre. Elle répète approximativement la même chose chaque matin. Elle parle bizarrement bas aujourd'hui. Il doit se passer un truc.

– Tu as vu ? On est gâtés. C'est la grève des aiguilleurs du ciel. Ils l'ont dit, tôt ce matin, à la radio. On a beau dire, c'est pas rien le calme. Pas étonnant que ça se paye, le silence ! Au fait, je viens de voir ton Tom Pouce. Pas beau à voir.

– Où il est ?

– Oh, pas loin… à la sortie, là-bas, dans le fossé.

– Il dort ?

– Ça pour dormir ! Il a dégueulé partout sur lui… Il y a du vomi plein les ronces. C'est du joli… Faut que tu le surveilles, ton grand frère. Il boit trop… Il tient pas la bouteille…

Je n'aime pas cette femme-là. L'alcoolisme de Tom Pouce est un feuilleton qu'elle suit avec passion. Pour elle, il y a une logique du malheur. Surtout pour les hommes. Ils finissent toujours au tapis, débiles ou pas, tôt ou tard, tous à terre. Il n'y a qu'à voir les Grimaldi – sauf Rainier.

À peine s'est-elle éloignée que Xavier bondit vers moi.

– Deux avions en une heure ! C'est le jour ou jamais. Tous les zincs vont être cloués au sol. Personne dans la tour de contrôle pour surveiller les pistes… Emporte le minimum. On se fait la belle.

Dans la minute qui suit, je prépare mes bagages. La Pie est partie à Carrefour dans la Mercedes de Marcello. Lloyd est à sa biture. Il y a de la joie ! La voie est libre. Je fonce à la cave où est remisée la Valise d'Été – qui devient Valise d'Hiver en été. Je dénoue les lanières et extrais des shorts,

T-shirts et robes. Je les ratatine, les bouloche dans mon petit sac à dos en sifflotant la grande valse de Strauss. J'embrasse ma brosse à dents, postillonne du dentifrice à rayures, « Toi tu vas prendre l'avion, tu vas prendre l'avion », et j'empile, je tasse, m'assieds sur mon sac.

Xavier repasse avec des dollars à la main. Où a-t-il déniché ce pactole ? Mystère. Son sens de l'organisation m'épate.

– Tiens, prends 40 dollars. Si on se perd, tu auras de quoi survivre six mois avec…

– J'emmène mon Menuet…

– T'es givrée !

– Non.

– Hors de question. Le minimum.

– Comment je vais faire…

– Tu t'en trouveras un autre.

Voilà qui donne le ton. L'affaire devient très très sérieuse. J'ai un sursaut de crainte à l'idée qu'on puisse se perdre sur la planète, mais, dans l'ensemble, l'euphorie du départ balaie les scrupules et les ombres de culpabilité. La Pie revendra l'accordéon, hop, fini le vilain crédit. Xavier a raison. Quand faut y aller, faut y aller. On se tire ou on moisit. Et puis, crotte, il m'emmène, je rentre enfin dans ses plans, je quitte « le trou du cul du monde ». Du cran.

– Rancard à la Dauphine, à 4 heures…

– O.K.

– J'aurai la 125 Suzi de KungFu.

Mince, le temps presse aujourd'hui. Je repense à Lloyd et calcule qu'il serait temps d'aller le réveiller. Il va attraper la mort, immobile dans le fossé. En chemin, je fais un signe d'adieu à Monsieur Spar et son ourson bleuté.

J'ai le temps de ramener Tom et de le changer avant que La Pie ne rentre des grandes courses. Le diesel de la Mercedes ronfle dans le virage, la voilà toute guillerette.

– Tu es prête, ma Poufiasse ? Je rangerai les courses après. On ne va pas faire attendre Monsieur Nucci. Tu as vu, il n'y a pas d'avion aujourd'hui.

Merde, on est mercredi ! J'avais oublié le cours. Pas question d'y aller. Tom ronfle derrière la cloison.

– Je viens pas.

– Ah oui ! Et pourquoi ?

– Je me sens patraque.

– Ta-ra-ta-ta...

– Si, si... Et Tom aussi.

– Qu'est-ce qu'il a ? Il n'est pas à son travail ?

– Non. Patraque. Comme moi... Il a vomi... Moi aussi d'ailleurs.

– C'est le lapin ! Le civet aux morilles d'hier ! Je suis sûre qu'ils sont myxomatosés. Faut plus bouffer de cette viande-là... Comment je vais faire, pour le linge de Mario ? Et son ménage ?

– Téléphone-lui. Ils peuvent bien attendre un peu, ses slips et ses casseroles.

– Oui... je ne sais pas. C'est pas correct de faire un accroc à ses engagements.

Ses yeux s'allument. Elle sourit. Mais vas-y donc seule, cruche ! Triple nouille. Fonce, profite de l'occase, vas-y lui faire de l'épate en guêpière... Dépote, déguerpis ! Du vent.

– Tu sais, je crois que je vais y aller quand même...

– Si tu veux...

Dans la Dauphine, en attendant Xavier, je libère mon bestiaire. Un autre temps. Adieu, mes bêtes. Ces imbéciles ne comprennent rien et restent dans le périmètre de la carcasse. Tom va empailler mon héron, aussi sûr que la nuit qui tombe vite. J'entends venir de loin la moto. Avec son casque intégral noir, son blouson de cuir et son sac à dos, Xavier fait au moins dix-huit ans. Je suis fière de grimper sur son destrier, je m'accroche à sa taille, le serre très fort.

La suite se passe dans un brouillard de froid, de vitesse et de peur qui monte des champs. Xavier emprunte des autoroutes que je ne connais pas. Je ne pense à rien. Des échangeurs tournicotent, des panneaux jaunes s'allument, Roissy terminal. Là, nous quittons la route normale et passons par un talus gazonné. De l'autre côté, s'étendent les pistes, immenses trouées de macadam vide. À notre gauche, la soucoupe volante de l'aéroport est allumée. Xavier dévale la pente. Je me cramponne à lui.

Nous longeons un grillage. Je devine une carcasse d'avion vraiment énorme, blanche Air France, à moitié sortie d'un hangar. Xavier a fait son repérage. Nous roulons longtemps le long de ce grillage infini. Les pistes creusent des perspectives sombres bordées de petites lampes jaillies de terre.

Subitement, Xavier pile si sec que je manque de m'écraser le nez contre son dos. Tiens, je reconnais notre trou dans le grillage. Ça me rassure de m'y retrouver, de me « remettre », de découvrir cette ramification de chez moi. J'ai à peine le temps de me dire que La Pie va s'inquiéter… peut-être j'aurais dû laisser un mot… Xavier arrête la moto, enlève son casque – ce qui le rajeunit considérablement – et se glisse dans l'ouverture. Je le suis. Nous piquons au triple galop droit sur l'aéroport. C'est immense, ce terrain-là ! Un sprint ! Mon cœur et mes poumons sont au bord de l'explose, le sang pulse à mes tempes. Subitement, Xavier me fait signe de m'allonger. Il y a un brin d'herbe jaune sous mon nez à côté d'un des lampions lunaires. Je vois toute une flottille d'avions immobiles, des petits camions roulent au pifomètre en traînant des wagonnets. Le visage de Xavier est à moitié éclairé, ses joues sont creuses, je les reconnais bien. Il regarde le ciel d'un air inquiet.

Tout à coup, un bruit nous déchire, très proche : un 747 descend pour atterrir là, droit sur nous, étendus le nez au bord de la piste. Quand ses roues touchent le sol dans une fumée de freinage, la terre tremble sous moi. Le bruit est infernal. Un vent brûlant chasse mes cheveux et m'engloutit dans une tourmente noire.

Des hublots sans lumière glissent devant nous. J'ai encore les mains collées aux oreilles. Xavier s'est redressé. Il me parle, le nez contre le mien. Il me fait signe… Quoi ? Je n'entends rien. Rien. Je suis sourde… Au loin, un camion passe avec des wagonnets branlants de bagages. Et alors ? Le sol vibre encore jusqu'au fond de moi. Un atterrissage, c'est pire qu'un tremblement de terre. Ma main gauche tremble au bout de mon bras comme un oiseau affolé. Je suis incapable de l'immobiliser. Mais quoi ? Que dit-il ? Voilà qu'il s'énerve, fronce les sourcils. Je n'entends absolument rien de rien. À sa droite, je vois apparaître les yeux d'un nouvel avion prêt à se poser, un qui sort des nuages et va m'écarteler, m'achever. Le petit camion continue sa progression parfaitement silencieuse. Xavier doit hurler. Il me tire par la manche. Moi, je regarde à droite, là où l'enfer va se poser en explosant mon crâne. Je me retrouve debout. J'ai un trou de peur panique au fond du cœur à cause de ce silence affreux dans ma tête.

Et tout se joue très vite. Il se passe une chose inouïe. Xavier bondit sur la piste, la traverse à toute allure et court droit dans la nuit, droit vers le camion… Ce n'est pas possible qu'il me laisse là seule, qu'il parte sans moi. C'est inconcevable. J'ai le temps de le voir sauter dans le dernier wagon. Je ne veux pas rester là, plantée dans ce silence, seule. Je me redresse et m'élance vers lui. Une déflagration me plaque au sol. L'avion vient de se poser. Il tue mes yeux, crève mes tympans, m'écrase au sol sous des tonnes de turbulence, me broie, j'étouffe, je brûle. Un rideau de violence m'aveugle. Le ciel est rouge. Ma vie est fichue.

10

Ce qui a suivi, les minutes ou les jours juste après, j'ai des trous de mémoire. Amnésique. Le choc traumatique.

Je n'ai pas vu venir la voiture ADP, je n'ai pas entendu la sirène du Samu. Des gyrophares ont allumé un pan de mur en flammes orange et noires. Autour, il y avait des gens. Malgré le silence, je les devinais à leurs odeurs – parfums, sueurs, cigarettes – qui montaient et disparaissaient sur fond de kérosène. Je me suis dit que ça devait être grave. Et alors, j'ai revu Xavier, courant de dos... L'image n'a pas eu le temps de se fixer. Instantanément, le silence m'a guidée vers le noir.

Après, les plaques carrées d'un plafond défilent à un rythme régulier. Je suis gelée. De légères secousses déchirent ma cervelle. De ma vie, je n'ai jamais eu aussi mal, parole ! Les roulettes d'un chariot. C'est cela. On me pousse. Un brancard. Oui, j'en suis sûre, un brancard qui roule dans le couloir d'un hôpital.

Voilà qu'on me radiographie de partout. Des blouses blanches jaillissent devant moi et leurs lèvres marmonnent en silence des mots incompréhensibles. La douleur s'affine, s'aiguise dans ma tête. Jusqu'où va-t-elle monter ? C'est insupportable. En plus, j'ai froid. Ils ne voient donc pas que je grelotte, trop occupés dans leur frigo qui pue l'éther ? J'essaye de dire « Froid », mes dents claquent sur le *F* et la douleur me ratatine. Puisque c'est ainsi, que tout le monde s'en fiche et que je souffre trop, je m'en vais repartir dans le noir, là où je n'ai plus mal, fermer les yeux, faire taire la peur, dormir, mourir, m'en fous, ça sonne pareil, pas de différence, simplement ne plus être ici dans les éclaboussures des néons.

Je me suis retrouvée dans une chambre claire de matin. Des bouts de souvenirs cruels me revinrent. Xavier, encore Xavier ! courant de dos, la piste et son enfilade de lampions... Vlan, ma fugue déboula en intégrale dans ma tête, intacte et précise au brin d'herbe près. Une sale farce. Ah ça, il n'y a pas à dire ! Je n'avais absolument rien oublié.

Xavier m'avait trahie. Aucun doute. Les larmes se mirent à couler sur mes joues pour se perdre en guirlandes chaudes dans la nuque, derrière les oreilles. J'aurais pu être morte qu'il s'en serait fichu, l'arsouille, trop absorbé par ses délices de vadrouille. Les dizaines d'épreuves du tutorat conservées comme autant de souvenirs radioactifs sous une chape de silence, toutes ces années ponctuées de secrets me soulevèrent le cœur. Jamais je ne l'avais vendu à quiconque, jamais ! et pour finir, il m'avait lâchée. Ma pauvre pomme ! Une vraie infamie m'était tombée dessus. J'aurais voulu vomir mon cœur écharpé.

Une autre voix vint me susurrer que je récoltais ce que je méritais, à avoir quitté ma famille, à les avoir trahis moi aussi. Mon Dieu, le vieillard intègre, avait frappé en empêchant mes jambes d'avancer plus loin, fixant le seuil de mon impossible. On ne plaisante pas avec la justice surnaturelle...

Ah, quand même, cette voix-là ne me plaisait pas. Je ne retenais qu'une chose : j'ai mal. Ce qui m'arrive est abject. Mal à en pousser des cris. L'amour déçu, c'est pire que tout. Mal, là, couchée au tapis. Mal. La seule issue qui s'offre au milieu de ce désarroi est de crier. Fort. Je hurle dans un silence mortel. Aussitôt, ma mère s'encadre devant mes yeux, l'air paniqué. Je continue à hurler jusqu'à ce qu'il n'y ait plus le moindre souffle d'air dans mes poumons.

Ensuite, j'ai senti sa main sur mon front, j'ai vu son regard paniqué. Elle me sourit. Ses lèvres tremblent. Je prends conscience de l'engourdissement de mes bras qui ne peuvent l'enlacer, mes jambes, mes doigts ! Le cerveau turbine, et fort bien ! Bavardage non stop, ça, c'est certain. Il chauffe à blanc ! Mais le corps ? Voyons ce qu'il en est. Parce que, au final, c'est tout ce qui me reste.

Je me concentre sur mes jambes, loin au fond du lit, et réalise qu'elles ne tremblent plus. J'actionne mes gros orteils. Rien. Aucune réponse. Quoi ? Je me reprends. Calme, calme... Je donne un ordre précis aux pieds embrumés : redressez-vous ! Bon Dieu de saletés d'orteils, vous allez vous redresser, obéir, bouger ! C'est affreux d'imaginer. Mon visage doit se couvrir instantanément de sueur. Recommencer. Ils doivent bouger. IL LE FAUT. J'y mets toutes mes forces quitte à y rester, quitte à en crever, ils ne peuvent pas être paralysés, les pieds, les jambes et tout ça ! Le fauteuil roulant dans le couloir… NON. Je puise une énergie inconnue dans chacune de mes veines, j'en fais une masse de feu, un condensé de puissance. J'inspire la terre entière. Bougez… et mes orteils répondent. Très loin, mais je les sens. Mon cœur se remet à battre.

Il ne faut pas se réjouir trop vite. C'était peut-être une de ces fausses impressions comme les gens amputés qui continuent à avoir mal à leur pied resté à la poubelle. Un classique chirurgical ! Je les refais fonctionner, mes pieds, virage à droite, hop, virage à gauche, au tempo des essuie-glaces. Dociles.

Cela a dû attirer l'attention de ma mère, ces acrobaties d'arpions. Ses yeux de velours se rapprochent et son parfum emplit l'univers. Je sens un baiser papillon sur mon front, mes paupières. Ses lèvres chaudes restent longtemps sur mon cou, à me respirer, à me parler dans mon silence, me rassurer. Au fond de ses yeux, je vois qu'elle est blessée. Ses yeux me questionnent, me fouillent d'un indicible « Pourquoi tu as voulu partir, nous quitter, Tom et moi, qu'est-ce qu'on t'a fait ? » Elle se force à faire comme si de rien n'était. C'est limpide comme les algues qui ondulent derrière ses larmes.

La nuit est arrivée. J'ai eu envie de faire pipi et je l'ai dit – pipi, pipi – sans m'entendre. Une main a soulevé mes hanches et j'ai senti sous les fesses le froid d'une bassine. Mais enfin ! je pouvais me lever ! Je n'allais pas pisser au lit, j'avais passé l'âge ! Que croyaient-ils ? Pas une handicapée, moi. J'ai bougé la tête pour dire « non ». Erreur fatale. Un petit centimètre à droite… Ah ! Bon sang. Quel effet ! Affreux. Le vertige m'asphyxie, j'ouvre grands les yeux et l'obscurité se met à tournoyer de plus en plus vite, un typhon noir m'aspire, la terre bascule, et moi, dans un avion en chute libre, je pique droit sur le sol à une vitesse folle, je vais m'y écraser. J'ai juste le temps de hurler avant de vomir. Pisser… Longtemps.

Il y a eu peut-être des jours et des nuits comme celle-là ou juste une seule, je n'en ai aucune idée. Impossible de faire le décompte.

Un matin, des gens viennent me poser des questions, je vois leurs lèvres qui bougent trop vite pour que je puisse les comprendre. Les ploucs ! Ils pourraient articuler. Christine est là, très pâle au milieu d'un vol d'infirmières, accompagnée de son gros ventre et de Jacky. Elle, je la lis mieux. L'habitude du Vieux Pays. « Xavier », c'est ce qu'elle demande. « Xavier », elle épelle en se défigurant. Derrière elle, un grand toubib débite sans se lasser des mots à tout casser. Et ça cause, ça mastique des propos illisibles, ça doit grouiller de boucan. Une autre langue. Moi j'ai juste un trou de silence dans la tête.

Une infirmière apporte un cahier à petits carreaux sur lequel le toubib écrit : « Bonjour Réjane. Où est Xavier ? » Le message est clair. Je sais lire, je vais répondre. Je veux bien parler, moi. Maintenant que Xavier m'a officiellement trahie, je ne vois pas pourquoi je me gênerais !

Je lâche un « bonjour » – qui doit être dit très fort parce que le ponte marque un petit mouvement de recul et fait une grimace. Ce vide des sons m'effraie. Je me mets alors à parler vite, très vite pour combler la peur galopante… Je raconte tout, ils ont droit à la version intégrale, longue et détaillée. Pas question de résumer ! Je me venge de ma fidélité absolue au rascal – « Promets, Réjane, promets que tu ne le diras jamais à ta mère, hein ? » Par le début – pas de jaloux – et dans les détails, interminables, tout le monde a droit à mes préparatifs, rien ne reste sous les scellés de l'amour, je balance jusqu'au brin d'herbe…

Ils écoutent. C'est donc qu'ils m'entendent. Moi non. Pas un souffle, pas un bruissement ou même un tout petit bruit infime… Le grand vide. Sourdingue. « Mal entendante », quelle faux-culserie ! Je suis bel et bien « rien entendante », oui ! Disons-le ! Mon accordéon… Ma musique… Mon oreille absolue qui pouvait accorder un piano, mon talent, mon don… La pureté d'un accord… Mais qu'est-ce que je vais devenir sans mes oreilles…

J'étouffe. Le ponte s'impatiente, pointe son cahier : « Où est Xavier ? » Je n'ai strictement plus rien à dire. Je suis sourde. Je ne pouvais imaginer pire. Mes yeux se voilent. Un grand hoquet de sanglots me soulève, transperce ma tête d'une nouvelle douleur, longue et effilée. Si même pleurer bouleverse mon ossature, je ne vais pas survivre.

Je suis épuisée. Qu'ils me laissent.

« Dans quel avion est-il monté ? » « Il faut le dire, c'est important », « À quelle heure ? » « Dans quel pays vouliez-vous aller ? » – questions fumeuses auxquelles je ne peux répondre. Voilà que Christine prend le relais, très énervée. Elle doit hurler contre mon visage.

– Il va mourir ! Tu entends ? Mourir. M.O.U.R.I.R. si tu ne dis rien ! Réponds Réjane. RÉPONDS !

Mourir ? Quoi, mourir !

Un type chauve gribouille à toute berzingue un message drolatique : « Il est encore possible de faire atterrir l'avion pour savoir si Xavier est en vie ou congelé... » Un rigolo, celui-là. Congelé ! Xavier congelé. Quelle horreur ! Quelle imagination ! Erreur, erreur... J'ai dû me faire mal comprendre. Je leur explique qu'il existe des soutes pour chiens zarbis et chevaux de race. Les yeux au ciel, le chauve fait « non » de la tête. Suit un dessin de l'avion découpé en tranches. « Il y a deux sortes de soutes : pressurisée ou dépressurisée. »

Ça y est. Je comprends. Mon sang se glace. Je vais étouffer, m'évanouir. Xavier parti, la vie est éteinte, mais Xavier mort, je ne peux pas imaginer. Effroyable.

« Quatre avions ont décollé entre 9 h et 11 h. San Francisco, Istanbul, Rio et New York. Lequel ? » J'ai peur. Je grelotte. « Xavier est parti vers la droite ou la gauche ? » La droite. « Combien d'avions as-tu vus atterrir ? » Deux. Mes réponses sont aussitôt répétées dans un téléphone portatif. Le chauve se sauve comme un dément entraînant tous les autres à sa suite.

Je reste seule avec La Pie et le cahier.

– Maman, pourquoi j'ai si mal à la tête ?

Elle hausse les épaules et recopie des papiers suspendus au bout du lit. C'est long.

« *Traumatisme crânien avec perte de conscience* », *c'est-à-dire* « *coma* ». Le cahier est noir de mots. « *Fracture du rocher, c'est l'os dans l'oreille.* » Elle s'apprête à se rasseoir. Mais mes oreilles ? MES OREILLES ! Les voix, les sons, ma musique, les couacs, le vent, la vie, quoi ! Elle ne sait plus quoi écrire. J'insiste. « *Tes tympans ont été abîmés par le bruit.* » Abîmés. Cette légèreté m'exaspère. Abîmés, quoi ? Ça se répare, oui ou non ? Elle me fait « oui » avec des larmes qui disent non.

Dernier message. « *Tu es toujours très jolie, tout le monde le dit, et tes cheveux vont vite repousser parce que la chaleur les a brûlés et les sourcils aussi. Je t'aime et je t'embrasse et je reste près de toi même la nuit. Bises, Maman.* »

C'est drôle qu'elle signe « Bises, Maman » comme une carte postale.

Sans arrêt je demande :

– Xavier. Ils l'ont retrouvé, Xavier ?

Chaque matin, ma mère fait « non » de la tête.

– Il est mort ?

– Non.

Ses lèvres articulent un grand « non » sur lequel les jours passent. J'en déduis qu'il n'est pas mort. Logique. Un macchabée se retrouve ! Grâce à mes explications, deux destinations ont été éliminées. Je l'imagine soit à Istanbul soit à New York, sortant d'un aéroport sans se faire repérer par les flics.

Maintenant, je parviens à m'asseoir dans le lit malgré les vertiges vomitifs. Un matin, une infirmière m'enlève la perfusion. Je n'aurais plus à surveiller les bulles qui montent à la surface des deux sacs en plastique transparent, en haut d'une tige de fer, et c'est un foutu embarras en moins, parce que, quand les crapauds ne bullent plus, cela veut dire que la veine est coincée et donc qu'il faut faire sauter le petit grumeau de sang et que ça flanque le cœur au tapis.

Je vois autre chose que le même coin de plafond, le même bout de ciel où la tête d'un peuplier est secouée par le vent. Et, cent fois par jour, je redemande :

– Xavier ?

« Bizarre ! Ils ne l'ont retrouvé dans aucun des avions partis ce soir-là !!! » écrit La Pie.

Elle allume la télé, s'installe en amazone, une fesse sur l'oreiller, l'autre en équilibre et sort son matos de manucure. Elle rit.

– Qu'est-ce qu'ils ont dit ?

– Des conneries.

Parfois, et seulement quand ça en vaut la peine, elle sous-titre sur notre calepin. Le mois prochain, Christine va passer à *Perdu de vue* – une de nos émissions préférées – pour repêcher des témoignages planétaires sur Xavier. Je suis flouée une fois de plus. C'est moi qu'on devrait venir filmer, moi, maquillée et tout. Moi seule connais les détails vestimentaires qui mettraient les délateurs sur la piste. En fait, il vaut mieux qu'on ne me voie pas, avec ce crâne d'œuf sans un cheveu et mes yeux de Martien sans cils ni sourcils. D'ailleurs, j'évite de me regarder. Ça me défrise. Devant la glace, en me lavant les dents, je crie pour voir au moins la glotte bouger dans l'ombre rose de silence.

La Talon m'a fait parvenir une petite « gâterie », une robe de chambre rouge avec un dragon chinois dans le dos. Une jacinthe emplit l'éther de son parfum rose. Monsieur Nucci a voulu passer me voir. J'ai refusé. Alors il m'a offert un parfum, Azur d'amour et des piles de la revue *Accordéon Magazine,* avec des pages de partitions à l'intérieur. Je les lis. Je me fais de la musique.

– Monsieur Nucci dit que tu devrais continuer à jouer.

– Quel con ! Puisque je suis sourde ! C'est plus la peine que tu lui fasses ses ménages.

– Mais si, mais si… Tu verras.

Une part de clafoutis arrive, empaquetée dans du papier aluminium, avec un mot de Nénette, René et Fax sur une carte de vœux. « Tous nos vœux de rapide rétablissement. Grosses bises. » Gentil. Bien dit. Ça ne leur ressemble pas.

Un samedi, Tom Pouce vient avec un cadeau très beau : un petit mouton noir orné de grandes ailes de corbeau, une miniature empaillée. Avant de l'exposer sur la télé, je le garde sur mes genoux, mon agneau, je caresse son poil si doux qui se mêle aux plumes entre les côtes, j'effleure les longues plumes jais des ailes. Ses yeux marron sont profonds, bijoux très rares. Un coup de cent francs l'œil à vue de nez. Je ne sais pas comment Lloyd a la patience, la délicatesse de coudre tout cela ensemble, mais mon cadeau, je l'adore.

– Je voulais la mouette mais j'ai pas pu l'attraper. Alors, j'ai pris un corbeau à la place.

– C'est mieux. Tout en noir…

– Pas la peine de me gueuler dessus comme ça !

– Je te gueule pas dessus ! Je suis sourde. Je ne m'entends pas. Je peux pas doser la voix.

– Ah.

Les deux heures qui suivent, il reste assis, immobile, à me fixer de son regard étrange et jaune. Il ne dit pas « Tu m'as manqué », ce qui signifie qu'il m'en veut. À la fin des visites, il articule :

– Tu étais fichue de partir sans dire au revoir ?

Que répondre ? Le « oui » est vrai, le « non » aussi. Je pointe mes oreilles dans un signe d'impuissance et me dissimule derrière une feinte incompréhension.

– Dis, c'est tes sous qui payent l'hôpital ?

– Non, c'est…

– Écris sur le cahier, je ne comprends rien.

Il trace deux grandes lettres : « la C. Q. »

Voilà qui me rassure. Au moins, qu'il ne se ruine pas pour mes conneries.

Dans le couloir, il me tend son paquet de maïs sans filtre. J'en prends une et l'allume en repensant à sa voix, « Joue encore, joue », et chaque dièse du *Tango du tracteur* me revient en mémoire. Tiens, j'ai envie de pleurer, la cigarette entre les lèvres. Heureusement, la bouffée de tabac me brouille si fort la tête que je me raccroche à son épaule et ne pense plus qu'à une chose : marcher sans dégobiller. Arrivés devant l'ascenseur, il me fait la bise cinq fois – c'est qu'il est ému – et je lui explique trois fois sur quel bouton appuyer. Juste avant que la porte ne se referme, j'ai le temps de lui demander :

– Il me faut mon Menuet… vite… et mes partitions…

Par la baie vitrée, sur le parking en contrebas, il monte sur la mobylette grise. Sur le porte-bagages, à la place de mon petit siège, il y a une caisse dans laquelle il a dû transporter son chef-d'œuvre de taxidermiste. Avant d'enfiler le casque orange à autocollants, il me fait de grands signes des bras, m'envoie des tonnerres de baisers, là, tout petit, bien laid, très misérable sur ce grand parking, seul au milieu des voitures. Mon grand frère.

Jour après jour, l'ennui me ravage autant que mon silence intérieur. Je m'épuise à essayer de comprendre les conversations, ces chapelets de mots que les gens se fricassent, entre eux, ils rient, je tourne la tête d'une bouche à l'autre, comme une partie de tennis emballée, je ne comprends pas, ce qui me met mal à l'aise et me donne mal à la tête. La nuit, je me pelote dans les draps, empoigne mon oreiller et pianote. Mon doigté. La main gauche, surveiller la main gauche... Les doigts ne doivent pas s'engourdir, se rouiller, continuer à déchiffrer des musiques que j'entends, moi seule, dans mon désert. *La Valse à Zinzin...*

Les séances quotidiennes de ré-éduc-mon-cul ne servent strictement à rien du tout qu'à faire vibrer des aiguilles de manomètres vers le rouge. Enfin, le ponte – qui s'appelle Stéphane – est sympathique et « quel bel homme, ce garçon-là ». Pour une fois, c'est vrai. Lui est très optimiste. Il donne dans le « on », il fait corps et chaque jour se réjouit parce qu'« on fait des progrès... », « on est sur la bonne pente ». Serait-ce de l'humour ? Non, non, le lendemain : « On en voit le bout ! »

Je commence à bien l'aimer, Stéphane. Trop. C'est pas un calibre pour moi. Une grande pointure. Enfin, pour passer le temps, par manque de distraction, je m'arrange pour me retrouver sur son chemin et grappiller un sourire.

– Courage ! On sort du tunnel ! Bientôt je pourrai t'opérer.

Quand ma mère m'apporte – enfin ! – mon Menuet Fratelli Crosio, elle a l'air aussi embarrassée que si elle tendait des escarpins à une estropiée. Je suis tellement émue que je le pose à côté de l'agneau sans oser en jouer. Je le regarde toute la journée. Finalement, je craque vers les dix heures du soir, dégrafe son gros bouton-pression, installe la courroie dorsale, glisse mes mains sous les lanières et joue. C'est étrange. Tout est familier, la pression des touches, leur position, la tension du soufflet. Je devine les fausses notes sans avoir à regarder mes doigts, j'entends les « tssss… tss… » de Monsieur Nucci, ses « Chauffe, chauffe ». Dans le même temps, mon instrument est devenu étranger, absurde comme un objet cassé. Par réflexe, j'incline la tête et colle l'oreille contre les cartilages rouges. Quand je lève les yeux, des infirmières ont envahi la chambre. Elles applaudissent, rigolent tout en pointant leur montre. Pas l'heure ! Les vieux rétamés de l'appendicite et des varices, eux veulent dormir ! Silence. Demain, j'aurai le droit. Promis. Elles veulent un concert. Nicole – la plus gentille, mon infirmière en titre – insiste. Si, si, dans la cafétéria. Pourquoi pas ? La nuit est longue.

Une chose est certaine : je refuse de jouer en pyjama. À l'heure du feuilleton, je descends donc avec un vrai frisson, comme pour les concours. Les encouragements, les conseils de dernière minute de Nucci me manquent. Il y a une dizaine de blouses blanches assises sagement dans la cafétéria. Stéphane est là. J'avais pas prévu. Ça m'intimide. Nicole est assise à côté de lui. J'en pince un peu pour mon ponte. Les gens applaudissent avant que j'aie commencé. On me hisse sur une table. Je leur ai concocté un bon programme en quatre morceaux : ouverture sur le *Tango du tracteur* – qui fait son petit effet assuré question dextérité. *La Valse à Zinzin* en deuxième partie. Puis *Nuit de Buenos Aires* et un poil de musette pour finir dans la joie.

4, 3, 2… Je me lance en regardant le plafond pour évacuer une vague de timidité. Je joue très vite. Voilà, c'est fini pour l'intro. Je n'ai rien entendu, mais les gens ont l'air bien contents. L'absurdité de cette performance me gêne… Pour ne pas perdre la concentration, j'entame aussitôt ma valse en essayant de « voir » les fausses notes. Les sourires dans l'assistance sont subitement très laids, compatissants, du genre « Bravo pour l'infirme ! Bel effort ! » Je sais que je joue mal. Pof, mes doigts moites dérapent, carrément ! Je n'entends que la voix de ma mère quand elle présentera ses deux rejetons : « Et Réjane, ma fille qui est handicapée… » Mais c'est tout bonnement insupportable. Je suis sourdingue. Une race à part. Pas le même langage… Je fais du n'importe quoi, je m'enlise, les sourires se crispent, c'est mauvais, mauvais… Mario Nucci aurait honte de son ex-prodige… J'ai peut-être bien l'air d'une Cocotte-Minute, là, debout sur cette table sans mes cheveux. Ma pauvre pomme ! Un petit singe empaillé, un jouet mécanique. Le ressort est cassé. Ridicule. Je laisse retomber mes bras le long du corps. Je descends de l'estrade en formica et cours me planquer.

La nuit même, je rêve de me sauver, de m'enfuir de cette taule javellisée, de ce dégueuloir, ce mouroir avec l'image de Xavier en filigrane. Je traîne dans les couloirs allumés en veilleuse, descends les escaliers, évite les rondes des infirmières, me cache dans les recoins d'ombre et cherche une sortie. Toutes les portes sont barricadées, même celle de la buanderie. Je remonte et n'ose pas arpéger le polochon.

La soirée « musique » m'a si bien démoralisée que je ne joue plus, ni dans ma tête ni sur l'oreiller. Basta. Pendant deux jours, je ne fais que regarder la télé, monter sur la chaise pour aller caresser mon agneau et dérouler régulièrement trente feuilles de P.Q. à chaque pipi. De belles journées.

– On va bientôt pouvoir t'opérer. On s'en sortira très bien.

– Combien de temps je vais rester ici ?

– On verra… Patience.

Un réaliste, pas de promesses crapuleuses. On se fait la bise. À chaque fois, je me dis que je le prendrais bien pour père, Stéphane. Père ou fiancé de rechange, au choix. Voire les deux à la fois. Il raffole de l'ange noir et en veut un pareil pour décorer son château… L'art des trophées de chasse revisités ! Il en prend des photos, de l'empaillage poétique. Sous toutes les coutures. Cours toujours, mon gaillard ! Rends-moi d'abord mes oreilles et on en reparlera après l'opération. Dent pour dent, œil pour œil, tympan pour tympan ! Voilà qui est dit. C'est mon mouton, à moi. Pièce unique. Rien qu'à moi. On touche avec les yeux. Du respect. Grave travail.

Parfois je descends dans le hall plein de claudicants amers. J'aspire l'air frais et soûlant quand un civil pousse la porte. J'ai soif de mon vélo, du vent, de la fouille, de mon pays, l'odeur de caramel moisi chez Nénette, même si elle ne pourra plus s'occuper de ma tignasse.

11

L'opération avait bien marché. En quelques jours, des bruits géants claquaient derrière chaque porte, sans trêve des bruissements reniflaient jusque dans la nuit, mes oreilles écoutaient. J'entendais des voix tordues, ouatées ou criantes. Et le silence ! Quel chahut ! Un ronronnement continuel, un horizon de bruits. J'entendais.

Ma sortie était imminente. Pour le lendemain. Parfait. Mais non… pas du tout parfait ! Stéphane ne voulait pas que je retourne au Vieux Pays, au cœur de la zone A sur l'échelle des bruits. Impossible, hors de question, inconscience rurale, bêtise des campagnes !

– Écoutez-moi : ses tympans sont encore très fragiles. Il lui faut du repos. Des vacances.

– Mon Dieu, Mon Dieu… lui répond La Pie sur un ton insolent et traînant, l'air de franchement s'enquiquiner.

Stéphane ne réalise pas que ça se paye, le calme, ça coûte… Et si ma mère frime avec son Mon Dieu, c'est pour biaiser et éviter d'avoir à dire la vérité : pas le fric pour aller ailleurs, Ducon ! Il revient à la charge. C'est qu'il y tient à ma santé ! Il tire la nappe sous l'angle de l'autorité médicale : Lousseville, c'est interdit. Point final. Homicide. Pas de discussion. Des vacances. Voilà la solution ! Loin de ce vacarme. Du SILENCE, surtout, répète-t-il en s'énervant dans des aigus qui vrillent mes oreilles.

La Pie sent que ça chauffe et l'oriente dans le sens du poil, copain copain. Elle prend un ton familier, comme s'il était devenu son nouveau fiston, celui qui aurait réussi une belle carrière.

– Voyons, Stéphane ! Vous usez pas comme ça !

– Vous êtes inconsciente. Une IN-CON-SCIENCE GRAVE !

Ah, il est épatant ! Cette « inconscience grave », épelée avec ses belles dents pèse son poids. À ressortir, à faire fructifier. Il boude ostensiblement en nous tournant le dos, occupé à admirer mon mouton.

– Inconsciente ? Allons donc. Venez donc voir le Vieux Pays. Ce n'est pas aussi pire qu'on le dit, n'est-ce pas, Réjane ?

– On n'y fait plus attention. Sauf le Concorde de 11 h 25…

– Vous voyez ! Il suffirait qu'elle se promène à la fouille entre 11 heures et midi. Après, il n'y a plus rien à craindre. Du gazouillis… Venez juger par vous-même.

– La fouille ! du gazouillis… le Concorde… Dialogue de fous ! DE FOUS ! Tristes inepties… De l'air !

Cette discussion ne mènera à rien. La seule solution, c'est les thunes et il n'y en a pas. Tiens, je repense à ma promesse concernant un empaillé et me range du côté Pie :

– … comme ça, vous pourrez aller prendre commande de votre mouton à Lloyd Thomas, en passant.

L'information fait mouche et lui cloue le bec. Pof. Silence. Il me fixe si bien que je rougis à l'extrême. Elle aussi me regarde comme si j'étais tombée sur la tête. Ses cheveux courts, frisés et teints en roux – résultat d'un vœu sacré, d'un pacte entre elle et Mon Dieu à qui elle a sacrifié ses cheveux en l'honneur de ma guérison –, j'ai du mal à m'y faire.

– Qu'est-ce que Lloyd Thomas vient faire là-dedans ? Dites donc, Stéphane, si c'est pour vous moquer…

– Me moquer ? Mais de quoi ?

Il n'a encore jamais vu le phénomène.

– J'y tiens, moi, à mon gosse. Il travaille dur comme un Turc. Un cœur gros comme ça… (Elle manque de l'éborgner en écartant les bras.) Il mérite votre respect.

– Mais bien évidemment…

La Pie est au-dessus de la respectabilité, des convenances. Le protocole s'incline. J'abrège le malentendu :

– Il veut un agneau empaillé pour un ami qui fait des collections. Je lui ai promis que ça serait d'accord si je retrouvais mes oreilles…

La Pie réfléchit. Stéphane explique avec ses mots calés, parle de son ami, conservateur au musée des Horreurs du Jardin des plantes, vous connaissez ? À Paris, les bestiaux empaillés par troupeaux, girafes, rhinocéros sous cloche… Non ? Bref, cet éminent taxidermiste a vu les photos de l'agneau et il est emballé, sidéré par l'artistique du chloroforme, la tradition des grands momificateurs depuis Ramsès II. Lloyd Thomas est un érudit de l'artifice et un talent à exposer. Un poète, oui, disons-le !

La Pie se sonde pour savoir s'il se moque. Pragmatique, elle me demande :

– Tu lui as vraiment promis un mouton ?

– Oui.

– Tu sais, le tien, ça lui en a fait du travail, à ton frère. Il s'y mettait chaque soir, à se crever les yeux sous la lampe à pétrole du manoir avec ses aiguilles, ses fils de fer, ses colles et tout ça… Je te prie de croire que les yeux de verre, ceux-là qui nous regardent, l'air de rien, ils valent la peau des fesses !

Stéphane écoute, fasciné.

– Ça ne m'étonne pas qu'il travaille dans un château… Très rare, une originalité pareille ! Il faut le cadre pour aller avec… Hors du commun ! Et le prénom aussi ! Racé ! Lloyd… Des origines d'outre-Manche, peut-être ? Nos amis les Roastbeefs auraient essaimé par ici ?

– Non, non.

Ma mère garde son front soucieux et, étrangement, ne s'empare pas de la perche pour faire des confessions sur notre lignage. Car tous, Amédée-Reinette, Esprit-Angélique, Victoire-Agnès et Ludwig le Grand, sans oublier Marc-Alexandre – le mort-né suspendu dans le souvenir comme un lampion –, nous sommes d'origine aristocratique. Une enfilade de perles. Nos prénoms ont été choisis à la hauteur de notre patrimoine génétique en sang bleu. De la noblesse coule dans les mâchicoulis de nos mémoires, bouillonne dans nos artères… Certes, des acrobaties historiques ont été nécessaires pour en arriver à cet héritage lumineux, nous, des « fins de race » – elle emploie souvent l'expression pour qualifier Lloyd. En effet, un ruban de dentelle était noué à son poignet d'enfant abandonnée, une dentelle aux armoiries si rares et délicates qu'une bonne sœur, soucieuse de garder le secret de l'origine, a tout de suite subtilisé cette preuve : quant au nom de famille, Pie, c'est un choix des sœurs en rapport avec les noms des papes, Jean-Paul Pie IV, Pie XXXVI et compagnie, et le prénom, Paulette, parce qu'elle a été déposée le jour de la Sainte-Paulette. Voilà.

Elle ne touche rien de notre patrimoine et garde son air buté. Stéphane continue à verbacer :

– Et la lampe à pétrole ? Pourquoi travaille-t-il ainsi ?

– Il voit mieux qu'à la bougie, tiens !

– Certes, j'entends bien. Mais l'électricité… Est-ce que ça abîmerait… Peut-être la chaleur des halogènes serait nocive à la préservation des tissus ? Une accélération du processus de nécrose ?

– Non, non… Gégène n'a pas pu magouiller le compteur du château vu qu'il n'y en a pas, de compteur ! Vous ne vous rendez pas compte… Ça représente du travail, sa passion, sa vocation…

– Sûrement ! D'ailleurs, son prix sera le mien… enfin, dans la mesure de mes possibles…

La Pie est aussi étonnée que moi mais là où elle s'avère remarquable, c'est dans cet air embêté. À la voir triturer ses mains, on croirait qu'elle n'a fait que ça, vendre les créatures de Tom Pouce… Elle fait poireauter… Il ne faut jamais être le premier à donner un prix. Savoir attendre, laisser l'autre avancer les premières estimations. Alors, elle attend…

– Combien vous comptiez mettre ?

– Je ne sais pas… Pas en dessous de dix mille, ça, c'est certain.

– Bien sûr ! Va sans dire…

– Je crains de ne pas pouvoir monter jusqu'à quinze mille…

– Ah.

Eh ben, merde alors ! Tu parles d'une fourchette ! Je calcule sur mes doigts. La somme représente un paquet de RMI. La Pie accentue cette expression désolée, voire gênée… Stéphane insiste.

– Vous ne pourriez pas…

– Eh là ! tout doux… Ça ne se marchande pas ! Nous ne sommes pas aux puces ou chez les Arabes. Un cabri de caprice, il faut y mettre le prix. Le respect des artisans, du temps passé et de l'habileté.

– Un petit effort…

– On peut toujours s'entendre. Mais il faut payer le travail à sa juste valeur, sans mégoter…

– Pas au-dessus de treize mille ! C'est ma limite… vraiment…

La Pie ne dit rien, passe d'un pied sur l'autre, hausse les épaules comme déçue. Elle flaire le maxi filon. Des pépites d'or s'allument dans les paillettes de ses yeux faussement mornes, lassés, rivés au sol, les sourcils vaguement enquiquinés par ces calculs radins. Treize mille ! J'en ai le cœur à l'envers ! moi je pensais que Tom lui donnerait gratuitement, avec le prix des carnes chez l'équarrisseur… Un petit mouton nouveau-né, crevé mort-venu, c'est gratuit ! du débarras ! Les abattoirs n'en veulent pas.

La chambre est plongée dans le silence. De temps en temps, ma mère dit « Hé oui… ». Stéphane est accro, l'hameçon en gueule, profondément planté.

Tout à coup, le visage de La Pie se redresse et s'éclaire. Elle lui propose un deal d'enfer. Il est bien cinq heures ? Oui. A-t-il fini son service ? Oui… Alors qu'il vienne à Lousseville.

– Maintenant ?

– Eh Mon Dieu, pourquoi pas ? Parfait… qu'il l'emmène d'un coup de voiture, ça ira plus vite, et hop, d'une pierre deux coups… Il constatera la dérisoire nuisance sonore du bled et consultera l'Artisss, le Pouêêt pour ses derniers prix, sans compter que Lloyd Thomas œuvre à un Pégase à partir d'un poulain mort-né… Gris pommelé… Le talent des enfants du Bon Dieu…

C'est d'accord. Topez là. Et ils se sauvent. Par la baie vitrée, je vois Stéphane monter dans sa voiture – la petite sportive mauve que je reconnaîtrais entre mille. Avant de s'y enfourner, La Pie me lance un grand « au revoir » qui vient culbuter mes oreilles. Elle fait plouc dans cette voiture de star.

Je réfléchis intensément. Avec treize mille balles, on va n'importe où. J'irai rejoindre Xavier à New York, j'ai l'intuition qu'il zone par là-bas. Et c'est la seule solution car partir, c'est bien gentil, mais on n'a pas d'ami ailleurs. Je n'ai jamais quitté le Vieux Pays et d'ailleurs je m'en porte très bien. Sauf une fois. À la mer. Avec l'école. Caen. En car. Un aller-retour dans la journée. Il faisait froid, j'avais du sable plein les chaussettes et j'avais gaspillé une journée avec des gosses qui connaissaient bien l'Océan en été. Heureusement, Xavier était là…

Il n'y a pas à dire, ça cartonne, l'amour. Baston du cœur. Même maintenant, j'avais encore le souffle coupé en pensant à lui… J'espérais bien une carte postale, au moins un mot…

Au fond, j'admire ma mère. Son sens de l'arnaque m'estomaque. Comment elle a laissé venir le ponte, doux, tout doux, en silences et fausses gênes, à coups de « hé oui… hé oui… » et CRAC ! dans le collet. Attrapé, le lapin !

Ils n'ont pas mis longtemps à s'entendre vu qu'une demi-heure plus tard La Pie déboulait au bord de la crise de nerfs. Hilare. Le bon gros rire gras de gorge. Les seins en tremblent.

– Ça y est, ma Poufiasse ! Ça y est ! Regarde ! Regar-de-moi-ça ! 12 999 francs… Regarde !!!

Le chèque voltige sous mon nez. Elle le fait vibrer comme un éventail mou. Flop-flop. Je ne reconnais pas sa nouvelle voix trop aiguë et cette façon de virevolter m'agace.

– Et Tom Pouce ?

– Quoi, Tom Pouce ?

Je voudrais savoir comment il s'est comporté, pardi ! s'il a bien su se tenir, pas m'humilier, quoi. C'est vrai, j'ai un retour de honte en imaginant la rencontre avec Stéphane, le choc que suscite systématiquement l'apparition de notre crapaud, sa taille, sa laideur, sa bedaine tendue sur des petites jambes arc-boutées… Sans compter l'environnement ! La découverte de mon joli patelin et de ses parpaings aux fenêtres…

– Encore une fois, c'est ton frère qui nous sort de la merde ! Je ne sais pas comment j'ai fait pour me retenir de crier… De l'embrasser, de chanter… Je ne sais pas… Encore, à l'aller, ça allait ! Mais au retour, avec treize mille francs sur la fesse gauche… Et alors ? Tu ne dis rien ?

– Si.

Elle danse comme une possédée, se balance, sourit au plafond, tournoie, légère, chantonne trois notes fausses – tim-tam-tam –, tangue avec ce chèque contre sa poitrine et, en plus, m'assourdit. Bref, elle m'agace.

– Tu vas pouvoir arrêter les ménages chez Monsieur Nucci…

Cette évidence l'étonne, brise son élan. J'aimerais bien savoir où elle en est, avec le Nucci.

– Les ménages chez Mario… (Mario ! Ben tiens, carrément !) Oui, tu as raison. Je ne suis pas vraiment à mon aise avec ce garçon… Mais avec toi, il est très gentil ! là, il n'y a rien à dire… Il tient à toi… Ouh là là ! Et comment va la petite, et l'oreille de la petite, et elle a aimé son Azur d'amour ? Sans compter qu'il est bon musicien ! pédagogue avec ça… Non, comment dire…

– Il t'a fait du gringue ?

– Comment que tu causes, toi ! Mais non, il ne m'a pas fait du gringue. D'ailleurs… à mon sens… Enfin, ce que j'en sais… Disons qu'il serait à voile et à vapeur, Mario, que ça ne m'étonnerait pas… (L'imbécile ! C'est qu'il n'a pas voulu d'elle.)

– Tu pourrais même prendre trois heures par semaine maintenant si ça te chante ! Avec notre pactole. Parce qu'on ne va pas s'arrêter là ! Compte sur moi, c'est juste un début. On va le faire fructifier, ton ponte… Tu sais quoi ?

– Non.

– Il a déjà pris une option sur le Pégase.

– Ah…

– Et tu sais à combien je vais lui fourguer, le poulain ?

– Non.

– Au moins vingt mille balles. Crac !

De sa main, elle fait le geste d'étrangler une poule. Je n'aime pas ces façons-là.

– Tu ne l'as pas assez arnaqué comme ça ?

– Ouoi ? Mais tu es malade, Réjane ! C'est qui, qu'en a eu l'idée ? Arnaqué ! Il est plein aux as, ton chirurgien ! J'aurais aimé que tu voies ça, allez hop, ni une ni deux, sans faire trembler le stylo, que je t'aligne les zéros pour une carcasse ! Sans rechigner… Tu es trop jeune pour comprendre ce que ça vaut, ça, ce bout de papier. Je lui ai fait une petite ristourne…

– Et Tom Pouce là-dedans ?

– Oh, tu es mal lunée, toi. Tu oublies que toute cette histoire, c'est pour tes oreilles avant tout ! « Et Tom Pouce là-dedans ? »… Ils se sont pris d'amitié, figure-toi. Ton Stéphane va revenir avec son savant. Tom a de l'avenir dans la profession. Enfin, ça reste à voir… Lui ne voudra pas quitter son tracteur, tel que je le connais. Je compte sur toi pour le convaincre, le remettre d'équerre… Il ne va pas passer sa vie sur un tracteur. Tu lui diras, hein ? Toi, il t'écoute.

– Où je vais aller en vacances ?

– Où « nous » allons aller. Je ne vais pas te laisser partir seule pour te laisser entraîner à faire des conneries avec ce petit morveux de Xavier ou un autre dans le même genre ! Ah ça non ! Maintenant, je prends en main l'avenir de mes gosses, et sérieusement. Je tiens les rênes.

– Tom, il ne partira pas…

– Ma chère, sache que quand je dis « nous », je compte Lloyd Thomas Pie dans le lot.

Et voilà qu'elle prononce « Paille » ! Quelle idée ! Rapport à son statut d'empailleur, peut-être. Toujours est-il que sa voix martèle tout ça bien trop fort. Elle m'épuise. Enfin, elle s'est immobilisée et, dans un éclat de bonheur, les pommettes hautes, les yeux en amandes de souvenirs, elle dit simplement :

– Monsieur Citroën.

– Qui ?

– Mon sauveur.

– Jamais entendu parler.

– Monsieur Citroën m'a tirée d'un vrai guêpier, il y a longtemps. Sans lui, je ne serais pas là à te causer... J'ai une dette envers cet homme-là. Énorme !

– Il habite où ?

– Au Maroc.

– C'est le Beau Salaud, Monsieur Citroën ?

– Ah non ! Alors là, sûrement pas. L'inverse. Et j'aimerais que tu cesses de dire « le Beau Salaud » quand tu parles de ton père, s'il te plaît.

– C'est toi qui dis toujours ça !

– Pas une raison pour répéter les conneries de ta mère.

Pas d'accord ! Moi, s'il faut partir, je veux bien aller à New York mais pas chez un inconnu au nom de bagnole ! J'aime bien la musique de l'Anglais quand je l'entends à la télé. À noter que Xavier se débrouillait très fortiche dans cette langue-là. La banderille concernant « les conneries du petit morveux » me reste en travers de la gorge. Au pire, on pourrait aller en terrain neutre, à Caen, voir la mer. Tom Pouce ne connaît pas l'Océan.

– Pourquoi on ne va pas à Menton, plutôt…

– La côte d'Azur… Écoutez-moi cette snob ! Tss…

– Et on irait comment là-bas ?

– En avion ! C'tte question.

Là, elle y va fort. Je n'ai pas le temps de lui préparer une réponse sur son « inconscience grave » que son visage se décompose.

– S'il était mort…

Elle a peur qu'il ne soit plus de ce monde, le sauveur. Trois ans qu'elle n'a pas eu de carte de vœux… Mon Dieu ! Elle va lui envoyer un télégramme, vite, tout de suite même, avant que la poste ne ferme, et en profiter pour déposer le chèque. Elle enfile son ciré et m'embrasse.

– Courage, ma Poufiasse. On va s'envoler dans le ciel, on prend l'avion ! On va décoller ! On est riches. Tirés d'affaire. Ah, Mon Dieu, la vie est belle.

Moi, j'ai la migraine.

12

En trois jours, cette histoire de départ avait pris des proportions démoniaques. Même la fête pour mon retour organisée par Nénette – les larmes aux yeux devant un énorme gâteau au chocolat – manqua de passer à la trappe.

– C'était pas trop long, l'hôpital ?

– Si.

– Il y a René qui a acheté trois bouteilles de champagne. Pas du mousseux, du vrai !

– Une bouteille pour chaque oreille… s'exclame Maurice.

– Oh, celui-là, le jour où il arrêtera de dire des conneries…

Je trinque au champagne dans les coupes Cristal d'Arc – tiiing – et la tête me tourne tout le temps que La Pie détaille sa folie… Le voyage ! les sous ! le talent de Tom Pouce, elle en cause sans fin. Oh, je vois bien que ça crée des jalousies. La Talon lâche des « Eh bien, ma chère, vous m'en direz tant ! » entre chaque bulle de champagne. « Le Maroc ! Vous ne vous emmerdez pas… » Christine et Jacky ont boudé l'invitation. Loin d'attrister La Pie, cette petite guerre entre squatters la réchauffe.

– Tant pis pour eux ! Ça en fera plus pour les autres.

– C'est dommage, quand même... que Christine ne soit pas venue pour le retour de Réjane...

– Mais Nénette, c'est à cause de son Xavier qu'elle a failli y passer, ma Princesse... C'est facile pour Christine de répéter partout que j'exploite son malheur, que je me fais du fric sur son dos. C'est du n'importe quoi ! Tom a toujours eu ce talent dans les mains. Et puis j'aime pas les fâcheux. (Elle descend sa coupe cul sec.) Son rejeton finira bien par repointer ses taches de rousseur...

Une rafale de silence se lève et vient souffler dans la pièce.

– Un ange passe...

Dehors, Fax aboie. Maurice gaffe en voulant dérider la compagnie :

– Quand je pense que je l'ai balancée à la fouille...

– Quoi ?

– La chouette montée sur un lapin...

– Tu l'as jetée ? Tu as osé jeter un cadeau de Tom Pouce ! Eh bien, mon petit vieux, te voilà bien récompensé.

– Je ne pouvais pas savoir ! Qu'est-ce que tu veux, sa chouette, elle me fichait le bourdon.

Il rigole, ce qui déclenche une quinte de toux. La Pie le considère comme un attardé mental, à pouvoir rire de ce sacrilège.

– Tss... tss... Une créature à dix mille balles... Facilement. Heureusement que Tom est à son tracteur. Ça lui ficherait un coup d'apprendre ça.

Sans prévenir, un rot très inélégant jaillit de ma bouche et résonne fort dans mes oreilles.

– À la santé de la petite roteuse !

– Excuses.

– Ne bois pas trop, Réjane !

– Hein ?

– Ne bois pas trop.

Je porte des petits écouteurs dans les oreilles – solution d'urgence avant le départ – qui brouillent mon audition. Ce n'est d'ailleurs pas plus mal. C'est vrai, elle me fatigue à tourner en roue libre ! À longueur de journée elle parle de la même chose. Elle en devient pénible à l'extrême. D'ailleurs, René craque. Il écrase son mégot. Nénette parle pour son homme.

– Hier, René est allé faire un tour au manoir. Il a bien aimé le travail de Tom… Hein René, que tu as bien aimé le Pégase ?

– C'est du boulot.

Il enfile sa veste marron et se rallume une cigarette pour affronter le grand air. Un avion ronfle méchamment quand il ouvre la porte.

– Tu repars à ton jardin ?

– Oui. J'ai pas biné le compost.

– Ha.

Le rire grassouillet de La Pie explose. Elle ne s'entend pas, ma parole ! C'est elle qui est pompette. Déjà deux bouteilles de descendues. Elle exhibe les trois billets d'avion qui passent de main en main.

– Ça serait pas des faux ? demande Monique.

– Pourquoi des faux ?

– Je ne sais pas… Avec le carbone et l'agrafe, ça fait pas sérieux. Ils ont écrit des trucs à la main… là…

Son sourcil mauve se redresse jusqu'à la lisière des cheveux bleus. Elle est de plus en plus poudrée, un vrai clown blanc.

– T'en as jamais vu avant, c'est pour ça que tu dis ça. Je les ai payés assez cher à l'agence ! Ça représente sept mille balles, ces petits papiers !

Aussitôt, Nénette les pose sur la cheminée, des fois qu'on fasse des taches avec les miettes de chocolat et les bulles du mousseux... Elle, ce qui la chiffonne, ce sont nos passeports.

– C'est vrai, vous êtes pas à votre avantage sur les photos. Ça rend pas bien... Surtout pour Tom.

– Fais voir, demande Monique en rebiquant son sourcil.

– Moi non plus je suis pas bien ! rétorque La Pie. Regarde les joues rouges que ça me fait... Mais qu'est-ce qu'on en a à foutre ! C'est pas des photos d'art. Il n'y a que les douaniers qui les verront, nos trombines.

Heureusement. On tire de ces trognes ! Trois repris de justice fraîchement sortis de taule, les yeux cernés, la bouche serrée. La faute au Photo-Ma-Tombe. Maurice feuillette les passeports et regarde longtemps le timbre fiscal tamponné du préfet de police.

– Trois cent cinquante balles...

Son commentaire est amplement suffisant. Les longues distances, c'est pas pour le pauvre. D'ailleurs, Monique enchaîne sur Menton...

– C'est vrai ! Pourquoi que vous allez si loin ? Il y a des coins très calmes sur la Côte...

– Parce qu'on a des amis, nous, et des vrais !

Nénette pense à moi.

– C'est pas dangereux, ces pays-là, pour la petite ?

– Dangereux ?
– Les microbes, les épices et tout ça... Peut-être que l'eau est pas bonne...
– Penses-tu !
– Il va bien vous accueillir au moins, cet homme-là ? J'espère qu'il viendra vous chercher, Monsieur... Comment c'est son nom déjà ?
– Citroën !
La Pie gueule franco. Elle éclabousse tout le monde de son Citroën. Un emblème, un drapeau au vent.
– Bien sûr, qu'il viendra. Je l'appelle tous les jours ou presque. J'en suis à dix cartes de téléphone...
– C'est où déjà qu'il habite ?
– CASA.
Maurice rit d'une farce en préparation.
– Pourquoi tu ris, nigaud ?
– Faut espérer que sa casbah de Casa n'est pas près de l'aéroport !
– Et ça te fait marrer. Ah, les copains, je vous jure !
– Prends pas mal, Paulette ! Allez, une rincette pour la route. Tiens, il n'y en a plus. Pendu ou marié dans l'année...
Nénette me demande à l'oreille :
– Tu ne voudrais pas jouer un morceau ? Ça ferait plaisir...
Je sursaute. Je revois le concert de la cafétéria... J'hésite. Elle a murmuré si fort – attention spéciale ex-sourdingue – que tout le monde a entendu. Ça ne rate pas, comme quand j'avais cinq ans, tous se mettent à taper dans les mains en rythme : « Une chanson ! Une chanson ! Une chanson ! » Face à ma brochette de vieux en

comité réduit, je n'ai rien à craindre. Nénette me tend mon Menuet Fratelli Crosio. La Pie me hisse sur la table.

Le Gros Maurice demande sa favorite, un truc d'Aznavour très facile, « Emmenez-moi jusqu'au bout de la terre, emmenez-moi au pays des lumières… » C'est dans l'esprit de l'après-midi. Je joue, tout le monde chante en même temps – à noter que ça me décontracte –, les épaules se serrent autour de la table et se balancent sur deux temps. Les applaudissements sont pour eux autant que pour moi.

– Et le truc d'Aimable que tu jouais sur ton Bambino ?

– Lequel ?

– « Comment ne pas perdre la tête perdue dans des bras amoureux… ? »

Pauvre Monique. Ce n'est pas d'Aimable. Enfin, si ça lui rappelle son Gilles aux dents dorées, allons-y. Un succès phénoménal. Le squat explose d'applaudissements alors qu'un Boeing ronfle très fort au décollage.

– Piaf ! Fais-nous un Piaf…

– Non, ton Verchuren…

– Non, *La Foule*. La foule, la foule…

Nouvelle roteuse, une houle parcourt les épaules dès les premières mesures de « Em-portée par la foule… qui me traîne… » Nénette se met à pleurer. J'enchaîne vite sur Louis Corchia. On me supplie un tango, mais si, tu sais bien, celui qui fait comme ça : « La-la-la-laaa… » Je ne vois pas trop. Je me lance dans celui de « Monsieur Piazzolla » – Mario Nucci dit toujours « Monsieur » pour ce musicien. Le temps passe vite. On est tous un peu murgés. Au final, j'ai vraiment mal à la tête.

Le seul à garder son intelligence au milieu de ce délire est Tom Pouce qui refuse tout net de partir. Il a assez de jugeote pour deviner qu'on n'en mènera pas large à l'aéroport.

– On serait bien fichus de se tromper d'avion…

– Pourquoi ? On n'est pas plus bêtes que les autres…

En plus, c'est du vieil Orly qu'ils nous font partir et pas du nôtre, le Roissy juste à côté. C'est idiot, on aurait presque pu y aller à pied. Il se débine, se cramponne à son refus, et lui, question de têtu, c'est de l'inamovible. Du tempérament fossile. La Pie est certaine de l'avoir à l'usure. Trois jours qu'elle le tanne, trois jours qu'il se bute.

– Je ne pars pas.

– Si. Tu pars en vacances.

– Non, je reste.

– On peut savoir pourquoi, mon crapaud ?

– Les moissons…

– Mais on sera rentrés depuis belle lurette. On part quinze jours, triple nouille. Tu m'agaces… Ce que tu peux m'agacer !

– Toi aussi. Je ne pars pas.

– C'est ce qu'on verra.

Pof. Taloche. Sa renommée toute neuve ne change rien entre nous, même traitement qu'avant la gloire. Pour lui, les petites gifles sont plutôt des agaceries. Il en rigole.

– Allez, fiche-moi le camp. Va travailler à ton Pégase.

– J'irai si je veux.

– Écoutez-moi ça ! Monsieur se prend la grosse tête…

Je me range définitivement côté frère. C'est vrai, pas une seule fois il n'a réclamé ses sous pour lui ! La Pie ne lui a pas demandé son avis pour son histoire foldingue de Citroën. Il déteste voir son gain partir en cadeaux pour des inconnus. Le Citroën aurait fait dix filles.

– Ça ne m'étonne pas de lui, le saint homme !

Pour honorer le géniteur prolixe, La Pie vient d'aller faire une razzia à Paris, une parfumerie Paris-Boum-Boum dévalisée en coffrets de parfum avec lait de toilette et savon assortis, des foulards, des bijoux fantaisie, des articles de luxe que l'on n'a jamais pu s'offrir. En un rien de temps, elle est devenue un crack de la soustraction, une obsédée du décompte – on part dans quatre jours... dépensé sept cents balles aujourd'hui... dans trois jours, hop, on s'en va... quinze balles rien qu'en RER et quarante-quatre francs le carnet de métro... dans deux jours on leur fera « coucou » de là-haut...

– Ce que c'est cher, mes enfants ! Ça file entre les doigts...

– N'a qu'à pas acheter pour des étrangers...

– Ce que tu peux être radin, Tom Pouce. Je ne te reconnais plus...

– N'a qu'à pas partir.

– Tu veux ta taloche ?

Ah, elle me bassine ! Allez hop, chantage.

– Si Tom ne part pas, moi non plus.

– Qu'est-ce que j'entends ? Ah, Mon Dieu, les sales gosses... On se sacrifie pour celle-là, tout le monde y met de la bonne volonté et voilà la récompense ! Dis donc, petite garcette, tu étais pourtant d'accord pour te faire la malle avec ton fiancé ?

– C'est différent. J'ai changé d'avis. Je reste avec Tom.

Je n'ai pas de gifle – rapport à mes oreilles – mais une bonne claque cingle mes fesses. Tom rigole. Moi aussi. N'empêche, je garde la vexation.

Le matin du départ, notre énorme valise explose de générosité. La Pie s'assied dessus. Les charnières ploient. Sur les avant-bras de René, les tatouages sont distendus par l'effort de compression. Les lanières crissent. Une grosse veine se gonfle dans la toile d'araignée du bras gauche. Ça y est. Petite clé, deux tours de cric-crac dérisoires.

– Ça devrait tenir…

– Ça doit tenir, René, ça doit tenir !

Marcello, notre chauffeur attitré, en bave pour enfourner nos bagages boursouflés et obèses. Lloyd et moi sommes debout depuis l'aube. La Pie n'a pas dû fermer l'œil. On décolle à midi.

– Ils m'ont bien dit qu'il faut y être deux heures avant…

– On sait !

Elle vieillit, elle se répète. Enfin, à huit heures tapantes, nous démarrons sous les adieux de Nénette avec ses frisons jaunes, René, le Gros Maurice, Monique Talon dans ses charentaises. Christine et Jacky ne sortent pas de leur squat. KungFu dort encore. Le Vieux Pays a une vraie allure de trou du cul du monde dans le brouillard épais du matin… sans Xavier. Allez, il vaut mieux se tirer. Par la vitre arrière, le spectacle me noue la gorge. Je serre plus fort mon accordéon contre mon ventre. Va-t-on jamais en revenir, de ces saletés de vacances ? Ma mère, assise à l'avant, sort la moitié de son tronc par la vitre et fait de grands mouvements de bras le plus longtemps possible au risque de se faire décapiter par le panneau « Lousseville » barré d'un trait rouge.

– Qu'est-ce que je vais foutre là-bas… me murmure Tom, ratatiné contre la portière, les yeux à la limite de la vitre, le visage plein de douleur sous sa ridicule casquette rouge « Rallye de Monte-Carlo » spéciale baroudeurs du désert. Je ne l'ai jamais vu aussi bouleversé.

– Tu trouveras des bêtes nouvelles. Des iguanes. Tu as emmené tes aiguilles, tes fils ?

– Oui.

– Tes yeux, ta bourre, tes herbes ?

– Oui.

– Alors tu feras des ouistitis.

Son regard de noyé croise mes yeux. Une minuscule lueur s'éteint tout de suite comme un feu qui ne prend pas sous l'humidité.

Marcello roule en silence. Il dit seulement :

– Vous allez avoir beau temps.

Ma mère ne se formalise pas de sa réserve, trop occupée à vérifier pour la vingtième fois que rien n'a été oublié. Le silence monte avec la peur. Je ferme les yeux pour savourer la vitesse souple de la voiture. Sans avoir à regarder, les différents couiiic et autres ziiip de fermetures Éclair sur le siège avant indiquent que La Pie déballe de fond en comble son sac à main, entièrement par-dessus bord. Et les billets ? Et les sous ? La tour Eiffel dorée ? Où elle l'aurait rangée ? Des Kleenex pour la goutte au nez. Et les passeports. Et l'heure ? Serait-on en retard ?

Subitement, juste avant l'entrée de l'autoroute, PAMMM !! Une explosion ! La voiture zigzague sur une trentaine de mètres et vient s'échouer sur le bas-côté dans un méchant bruit de tôle froissée…

– Qu'est-ce que c'est, qu'est-ce que c'est, qu'est-ce qui se passe…

– Un pneu éclaté.

– Eh ben merde ! Il ne manquait plus que ça !

Marcello lui lance un regard killer en coupant le moteur. Ses yeux sont plus noirs que ses moustaches.

– On va le rater… On va le rater, c'est sûr !

– Vous avez quatre heures d'avance.

– Oui-oui je vois le topo d'avance ! On va le rater…

Il sort calmement de la Mercedes tandis que nous restons assis comme trois crétins attendant un miracle. Tom est tout blanc. Moi j'ai un retour de surdité tellement le silence est dense, le brouillard épais. En dessous du pont, les voitures glissent dans le coton de l'autoroute. Ma mère réalise peut-être qu'elle a failli se prendre une claque car elle se tait.

Marcello s'accroupit devant le capot. Il se redresse lentement et donne un petit coup de pied dans le phare droit. J'entends un tintement de verre cassé.

– C'est mauvais signe ! Sept ans de malheur. Moi, je rentre au Vieux Pays. Je veux revoir mon tracteur.

– Va plutôt aider Marcello au lieu de dire des conneries !

Tom et moi sortons. L'air est glacé. En effet, il y a un pneu déchiqueté autour de la roue arrière. L'aile avant est cabossée et le phare tout plié.

– C'est pas grave, dit Tom en claquant des dents. On a eu chaud… Moi, je vais changer la roue.

Sur ce, il ouvre le coffre arrière et se met à déballer les bagages tout seul. Ça lui fait du bien, le mouvement, occuper ses petites mains, se rendre utile. Prendre des décisions. La valise manque de l'écraser. Il reprend des couleurs. Marcello ne dit rien, immobile devant l'aile abîmée, le teint olivâtre. Encore sanglée par sa ceinture de sécurité, La Pie baisse la vitre avant avec l'air d'une reine mère courroucée.

– Alors les hommes ! Qu'est-ce que vous attendez pour vous mettre au boulot ! On change la roue et on file ! Pas de blague… On a un avion, il faut pas le rater.

Marcello la fusille de son regard fixe. À l'arrière, les petites jambes de Tom – à moitié enfoui dans le coffre – battent dans l'air. Tout autour, nos bagages se prennent un air de catastrophe, éparpillés parmi les lambeaux de pneu éclaté. On fait minables. Ploucs. Ratatinés. Ah la grande frime du départ ! Nous voilà bien rabaissés à notre niveau. Des voitures ralentissent pour mieux savourer notre déveine et accélèrent – déçues – en descendant la bretelle vers l'autoroute.

– Je l'ai !

Tom est fier d'avoir pu se débrouiller seul. La roue de secours est comme un immense cerceau jusqu'à sa taille.

– Faut que tu sortes, maman. Pour le cric…

L'air furieux, elle sort comme un général arrivant après la bataille et prêt à engueuler ses troupes pour cacher sa trouille. Tout le monde en aura pour son grade, ça se voit à la façon dont elle bombe les seins, ajuste sa ceinture. Elle est au bord de l'explose.

– Il y a que Tom qui bosse ! Faudrait peut-être penser à l'aider pour aller plus vite… Le temps presse…

Marcello passe devant elle, enfonce les mains dans ses poches et s'en va sans nous regarder. Il marche à grandes enjambées dans le brouillard.

– Qu'est-ce qui se passe, Marcello ? C'est pas le moment de tirer la gueule... Tu t'en vas ? Mais c'est pas vrai ! Tu te tires ! Tu peux pas faire ça ! Tu vas pas te zoner et nous laisser dans la merde, moi et mes deux gosses... Marcello... Réponds-moi. Tu peux pas nous faire ce coup-là ! Réponds...

Elle trottine derrière lui. Nous aussi. Marcello se retourne. Très impressionnante sa volte-face. Il serre les dents : les muscles de sa mâchoire palpitent à un sacré tempo ; il toise La Pie qui ravale sa salive. Il est grand comme jamais.

– S'il y avait pas tes gosses...

– Quoi, quoi ? oui, je sais, je sais... Je suis soupe au lait... D'accord. Voilà, c'est dit. Enfin tu me connais depuis que t'es môme ! Tu sais que j'ai mon petit tempérament. C'est pas une nouveauté ! Allez, viens changer la roue ! Oust...

Marcello, on ne lui parle pas comme à un caniche.

– Mais bordel ! Ça sert à rien de changer la roue !

– Quoi ?

– Il y a une aile enfoncée. On ne peut pas rouler comme ça.

– Oh, juste deux ou trois petits kilomètres... En faisant doucement... Tu vas pas nous chier un pendule pour un phare cassé ! Vu l'état de ta bagnole...

– Puisque je te dis qu'on ne peut pas avancer ! Ça bloque ! Pigé ? La taule, ça coince la direction !

– Quoi ? Ah quel CON !

Marcello fait un pas en avant. La Pie fait un pas en arrière. De rage, elle s'en va juger par elle-même l'étendue de la catastrophe. Elle répète au moins dix fois « Quel con ! Mais quel con… Quel connard ! » Ses talons frappent des petits pas vengeurs, rageurs et secs sur le macadam. Le brouillard est si dense qu'il l'engloutit le temps qu'elle rejoigne la carcasse. Bonne ambiance. De la joie. On se déteste les uns les autres. Elle vient de nous faire un deuxième groupe d'ennemis au Vieux Pays. Le clan Cochon et Marcello. Bravo !

– Dis, Marcello, je la change quand même, la roue ?

– Tu peux toujours si ça t'amuse. Moi je vais faire du stop et aller chercher une autre bagnole.

– Il y a pas un garage dans le coin…

– Si tu crois que je vais payer une dépanneuse ! Je suis déjà assez emmerdé comme ça ! Ah, au fait, si les flics passent, vous dites que vous ne me connaissez pas. Je vous ai pris en stop.

On attend dans le froid. Tom change la roue de tout son cœur, et crac les boulons, et couic le cambouis, c'est son monde. Il est presque en sueur sous sa casquette. L'énervement de ma mère a maintenant dépassé le stade de la parole. Elle ne peut plus parler. Elle étouffe. Juste elle regarde sa montre chaque minute.

– Neuf heures…

Un petit souffle des naseaux très expressif.

– Neuf heures vingt… Qu'est-ce qu'il fout, cet enfoiré !

– Neuf heures trente-cinq… Regardez ailleurs, je vais vider ma vessie.

– Neuf heures quarante-deux… Je vais pas pouvoir me faire rembourser… Mais qu'est-ce qu'il fout, ce glandu…

Régulièrement, Tom me tend une Gitane maïs. J'en ai déjà allumé sept.

– Dix heures… C'est foutu ! C'est tout. Cette fois, c'est FOU-TU. Cet empafé de manouche…

– J'ai faim.

– Toi, c'est pas le moment de m'emmerder. Tiens, il crachine. Manquait plus que ça pour ma permanente… De quoi je vais avoir l'air…

Le flot des voitures est moins dense. Parfois, je compte même jusqu'à cent, penchée sur la balustrade, avant de voir des phares crever le brouillard. Les gens sont arrivés à leur travail, dans des bureaux bien chauds. Tous les quarts d'heure passe un Orlybus qui doit faire la navette entre les deux aéroports.

– Dix heures cinq… Si au moins on pouvait prendre un taxi ! On est fait comme des rats. Des RATS ! Ah quel salaud…

– Dix heures un quart… Quelle tapette ! Pas de couilles au cul, ce Rital de mes deux… Il ne reviendra plus… On est cuits. CUITS. On l'a dans le cul jusque-là !

– Tiens, voilà un Orlybus.

– Qu'est-ce que tu dis, ma Poufiasse ?

– Rien, je compte les Orlybus pour passer le temps…

– Les bus de l'aéroport passent sur l'autoroute ?

– Ben oui.

– T'aurais pas pu le dire plus tôt, petite noix !

– Ça nous fait plutôt la nique qu'autre chose !

– Ah, quelle conne ! Mais quelle petite conne ! On va en arrêter un, tiens, de bus ! On va pas se laisser avoir comme ça... Ta-ra-ta-ta... Ils ne me connaissent pas. Ils vont voir ce qu'elle a dans le ventre, la Paulette. Dix heures dix-sept... Allez, en route les mômes. Chacun prend deux sacs. Tom, tu portes la valise...

– Mais il passe de l'autre côté de l'autoroute pour Orly !

– Et alors ? Il y a qu'à traverser ! Pas la mer à boire. On en a vu d'autres... Vite, vite... On a peut-être encore une chance...

Et nous voilà tout à coup secoués de notre torpeur à ramasser les sacs qui arrachent les bras, se charger le dos, sans oublier que moi j'ai déjà l'accordéon... Il pleut doucement. On dévale la rampe d'accès à l'autoroute. Tom peine avec la valise. Il est tout rouge.

– Faudrait des roulettes...

– Tu m'en diras tant ! Réjane, mets un plastique sur ton Menuet... Ça mouille.

Je ferme la marche, mortifiée. Des voitures nous klaxonnent. Ils doivent se demander ce qu'on fait là, avec notre valise de dernière qualité, nos dégaines de touristes dans ce putain de printemps froid... À nouveau dans la marge, indésirables. Peuvent pas faire comme tout le monde ! Veulent se faire remarquer ! Grotesques. La Pie leur fait un bras d'honneur. Arrogants avec ça.

On s'arrête face au fleuve de macadam gris pâle. Une voiture passe extrêmement vite, seule, sur la voie de gauche. Un coup de 180 km/h. Ça nous refroidit dans notre élan. De l'autre côté du rail central, ça roule plus dense. Les pneus font un bruit de friture sous la pluie. La chienlit des cieux pour couronner le tout. Mais qu'on rentre donc à la maison Lecerf, qu'on attende sagement Marcello dans la voiture, au sec ! Qu'on se fasse oublier…

Aucun de nous n'arrive à se décider. Immobiles. C'est comme de sauter du haut d'une montagne sans parachute. Des voitures fusent sous nos yeux. Puis le silence… et à nouveau un bolide. Ma mère est en larmes de Rimmel, des longues traces noires dégoulinent sur ses joues. La pluie a plaqué ses cheveux roux sur le crâne. Les racines sont blanches. Moi, j'ai l'air d'avoir une énorme bedaine enroulée dans mon sac plastique. On aurait dû acheter la mallette pour le Mini Musette. Enfin, à l'époque, je ne pensais pas qu'il voyagerait, mon instrument. Et puis neuf cents francs, ça faisait une somme. Tom pose la valise pour avoir les mains libres et enfoncer sa casquette encore plus bas.

– Il va falloir se décider…

– Oui, mon grand. Attends… Je n'aime pas ça du tout. Ce qu'ils vont vite.

C'est vrai. Ils roulent extrêmement rapidement sous une vraie pluie, giclant des gerbes d'eau sale et froide. Tout est gris, sauf les yeux cyniques des feux de position rouges qui s'éloignent. Un camion nous ébranle comme une cathédrale de lumières. Il lâche un barrissement à rendre cardiaque, à défoncer les oreilles. C'est dangereux. De l'autre côté, je vois arriver un Orlybus. Je ne dis rien. Tom aussi l'a vu.

– Allez, voilà notre bus. Quand faut y aller, faut y aller !

– Non !

Il s'élance, soulève l'énorme valise et court. Mal. Sa casquette le gêne, la valise vient entraver ses jambes. À ma gauche, deux phares blancs crèvent la pluie.

– Non !

Tom… Il trébuche… Il vient de glisser. La voiture fonce sans rien voir. Tom est par terre… La valise. Il veut la récupérer. Il se redresse. Mais cours, cavale, bon Dieu, cours, vite, on s'en fout de la valise… La voiture envoie un immense appel de phares qui embrase les huit voies de l'autoroute. Ça va très vite… Atrocement vite. Tom est debout dans les phares. Il hésite. Un klaxon bloqué masque le cri de ma mère. Un coup de frein gigantesque fait fumer les roues… Tom… La voiture dérape, les phares plongent droit sur nous, puis glissent… une toupie. Elle tourne. TOM ! Le klaxon se tait. On entend un bruit sourd, abominable, le bruit d'un corps qui valdingue… La voiture glisse sur une vingtaine de mètres… Aller voir, juste en face, près du rail, là-bas, il le faut, aller voir la forme couchée, peut-être encore en vie, aller voir… En vie… Les ongles de ma mère ont dû transpercer mon épaule. Une force inouïe dans cette griffe me rive là… Il y a une seconde de silence absolu dans laquelle le bruit du corps percuté résonne à mes oreilles, emplit tout l'univers. La griffe me serre plus fort. J'ai le temps de voir les yeux fous de La Pie regardant sur la gauche, au loin, des phares qui se rapprochent, crèvent la pluie, déboulent droit sur Tom… NON ! Je ferme les yeux. Je courbe le dos, je m'encastre dans ma mère, debout, enlacées, agrippées, muettes, raides. On attend. Pas de klaxon. Pas d'appel de phares. Juste ce deuxième choc. Effroyable, mat. Le corps de Tom est projeté en l'air. Il devait être déjà mort parce que j'ai clairement vu son visage qui n'était plus qu'un trou rouge.

Le fracas qui suit, l'incendie qui allume l'autoroute, la tôle éclatée, les éclats de verre qui giclent jusqu'à nos pieds, je m'en fiche. Je suis morte en dedans. Pour de bon.

13

Dès l'instant où Tom est mort, j'ai perdu l'audition. Et la voix. Je suis muette. Et l'appétit. Je ne mange plus. Il y a une image imprimée dans ma tête et rien ne l'effacera.

– Faut manger, quand même… Un petit peu, juste un peu…

Je refais toute l'histoire avec des « si ». Si elle n'avait pas décidé de traverser l'autoroute… Celui-là, je me le répète tout le temps : « Si. » C'est comme une note. *Sol, la, si…* La vie en *si.* Bémol, mineur, dièse, majeur. Si Stéphane n'avait pas fait ce putain de chèque pour une créature… Si j'avais pas proposé un mouton ailé à Stéphane… Si j'avais pas rencontré ce ponte… Si j'avais pas été accidentée… Et voilà le grand « si » qui clôture tout de son silence : si j'avais pas voulu m'enfuir avec Xavier. Tout venait de là. Avant, ça allait. Les souvenirs que j'avais du temps d'avant, ça allait. À peu près… Et ensuite, tout un enchaînement à cause de moi. C'était plus fort que la culpabilité. Plus fort que la douleur d'avant, celle qui serrait la gorge et faisait pleurer. Je ne pleure plus.

– Tu es devenue sauvage, toi…

Oui, Nénette. Et je ne te réponds pas, même si je t'entends, si je lis tes lèvres effilées de rides, si mes yeux secs ne peuvent te dire.

Si. Le règne du si. Abject conditionnel.

– Si tu manges pas, tu vas plus tenir debout…

Tant mieux ! Justement ! Je ne veux plus tenir debout. Je ne veux plus aller, bien ou mal. Aller tout court. Je me fige dans un temps indéfini à Lousseville. J'arrête la mécanique. Je grelotte dans l'été. Les blés poussent dans le champ de Tom Pouce. Il n'y a plus de tracteur. J'ai mon métronome intact en moi. Je me balance, accroupie au bord du champ sur mon rythme, des heures, un tempo de plus en plus lent, je balance mon dos, des heures durant accroupie, je regarde. Ce que je vois est infiniment petit, des vermisseaux qui s'entortillent pour sortir de la terre, des éclats de silex, et terriblement immenses, des pylônes d'acier, des nuages crevés par des avions. Et le ciel au-delà, le ciel toujours bleu que je ne verrai jamais.

Des avions. Encore des avions. Des machines de mauvais augure, des transports pour les riches, les qui en ont, les qui ne comptent pas. Si on n'avait pas voulu faire comme eux. Rester dans son rang, tenir son sillon, s'accrocher à ses ornières, ses labours. Je les regarde décoller, atterrir. Je comprends à quel point je suis d'un autre monde. Le pauvre, ça ne voyage pas. Elle a eu cette immense naïveté, elle. Ça lui a coûté la vie de son fils. La santé mentale de sa fille. Je suis folle.

– Toi, tu ressembles à une fille de la jungle avec tes cheveux embroussaillés… Laisse-moi te faire un shampooing…

Non, Nénette. Fini le temps des papouilles. Mon visage, je m'en fous. Je le regarde jamais. Je sais juste que j'ai des mèches noires comme des ailes devant mes yeux. Mon corps aussi, je m'en fous.

– Faut que tu manges... Un tout petit peu... pour me faire plaisir.

Ah, non, surtout pas pour lui faire plaisir, à elle. Elle mange pour deux. C'est moi qui fais les courses en Mercedes. Avec Marcello. Moi qui vais à Carrefour. J'ai une liste. Il paye. Elle le rembourse après, j'en sais rien, je m'en tape. Il n'y a plus une thune sans le salaire de Tom. Les papiers roses, bleus finissent tous à la poubelle. Que derche. Que dalle. J'ai besoin de rien.

Elle, son Bon Dieu l'a lâchée. Elle reste figée dans l'ancienne chambre de Maman Lecerf comme un iceberg, son énorme corps enroulé dans son châle linceul, plongé chaque jour plus profondément dans les eaux glacées, dans les profondeurs polaires qui l'aspirent. Il faut du poids. Celui des années pour s'y enfoncer jusqu'à la noyade. Elle y arrive, à son rythme, en mangeant tout le temps. En buvant beaucoup aussi. Du vin en plastique. Ses yeux s'allument pour moi quand je passe la porte, puis repartent dans leur solitude, son visage s'abandonne, marbré de tavelures, son corps s'épuise à alimenter tant de graisse, de couenne, de bourrelets, de masse, ses yeux changent de couleur, de plus en plus lointains. Parfois méchants. Souvent aveugles.

– Je pouvais pas savoir. Je lui ai dit « Non » – tu te souviens ? – et il y est allé quand même... Mais je lui avais dit « non ». Je pouvais pas savoir. Je voulais bien faire... Des vacances pour toi... Je pouvais pas...

Je la déteste.

– Tu maigris trop, ma Princesse… Parle-moi… Réponds-moi… Je suis sûre que tu peux m'entendre.

Je ne parlerai plus. « Petite conne ! Tu pouvais pas le dire plus tôt ! » C'est moi qui ai parlé des Orlybus. Ce sont mes derniers mots. Je ne l'entends plus.

– T'en va pas… Me laisse pas ! Te laisse pas glisser comme ça… Pense à ton don. Ta musique… Faut que tu voies des gens…

Mon don ! Nucci m'a invitée au 12e Festival national de l'accordéon, au Zénith… Le temps qu'il me serre dans ses bras, « Ma puce ! Eh bien ma puce, tu reviens de loin, toi ! Ce que tu m'as manqué, ma petite puce avec ta gueule d'amour, ta petite gueule d'ange… » J'étouffe dans ses bras… « Je vais te faire travailler et on va aller loin tous les deux. Si, si… On fera un duo. Je vais t'apprendre des trucs jazz, ça plaît, l'accordéon jazz ! » J'étouffe, il me presse plus fort contre lui. Sa braguette est maintenant dure, gonflée. Je sais ce qui se passerait, je l'entends, elle, à ressasser un « Je pouvais pas savoir… Je voulais ton bien… Je pouvais pas deviner qu'il allait te sauter… »

– Oh, mon chaton… Tu es encore plus belle avec tes cheveux courts… Tu m'es revenue.

Ma puce s'est tirée. Pas de Bercy avec Nucci. Je reviens de nulle part. Je sais où je pars.

– Tu as changé, toi… Une vraie sauvage. Je te reconnais plus… Reste pas comme ça à te couper du monde comme ta mère, retourne à l'école, fais-toi des copines…

Moi, je reconnais ton sourcil crayonné en mauve. Tu serais pas coupée du monde, toi, la

Monique, avec tes photos de timbrée et ton autel des stars... Des gens ! Même Nénette m'énerve, c'est dire ! Malgré elle, mais quand même ! Je l'évite. Manger. Elle n'a que ça à la bouche, manger. Elle me parle comme à une attardée. Ça part d'une bonne intention, mais ça me fait mal.

– MOI, FAIS CLA-FOU-TIS pour TOI, comme tu les aimais tant... FAIS PLAISIR À TA NÉNETTE... Te sauve pas... FAUT MAN-GER.

Bouche en cul-de-poule sur le « MAN », dents à l'air sur le « GER ».

Bien sûr, je me sauve. Les gens. Il paraît que le Gros Maurice a la tuberculose. C'est les « bleus » qui l'ont ramassé à Paris et envoyé à Nanterre en désinfection qui ont découvert ça. Des radios des poumons. Et puis, il y a une suspicion de cancer du larynx en plus. Et le foie, c'est pas ça qu'est ça. Son squat part à l'abandon depuis qu'il est à l'hosto. Il me semble bien qu'un nouveau est venu s'y installer. Un type chauve sans âge. Des gens ? Christine me déteste, ce qui est légitime. C'est moi qui aurais entraîné son Xavier... Xavier, qu'est-ce qu'il fait ? Mais qu'est-ce qu'il attend pour revenir ? Il doit être mort lui aussi. C'est la seule explication. Mes deux soleils, en trois mois disparus. Éclipse.

Des gens ? Anne est revenue un jour. J'ai reconnu sa voiture. La Pie était trop beurrée pour lui ouvrir. Je l'ai espionnée par les fentes entre les parpaings. Je ne suis pas allée la voir. Une étrangère. Elle a laissé un mot, l'école me recherchait. On s'inquiétait de moi. Mon cul ! Pas mal de tampons sur des imprimés à renvoyer urgentissime. Poubelle.

Un soir, Stéphane aussi est passé dans sa voiture de sport mauve. Minable frime. Du haut d'un grenier, je le regardais comme à travers un microscope. Lui le type plein de fric. Dire que j'avais pu rêvasser d'un fiancé-père potentiel en le voyant arpenter les couloirs blancs. Quelle conne ! Ce type est d'un autre milieu, les friqués qui savent causer, ceux qui ont des mots plein la bouche, ceux que je ne croiserai jamais d'égal à égal. Pas à ma taille. Pas à ma pointure. Quand on a eu une grand-mère catin, putain, une mère fille facile, fille mère souvent traitée de salope à l'époque où le Vieux Pays avait encore son cheptel de mâles à moissonneuses et grosses couilles, qu'est-ce qu'on devient ? Si je le recroise un jour, je baisserai les yeux.

– Il y a quelqu'un ? Paulette ? Réjane ? Lloyd Thomas ? Il y a quelqu'un ?

Il n'y a plus personne, Ducon. Il laisse un mot : « Très inquiet pour Réjane... Elle doit subir des examens de contrôle... Prenez vite rendez-vous à l'hôpital... Amitiés. Stéphane. »

Si ce type ne s'était pas pris de passion, de frénésie pour les créatures de Tom... Si... chut !

Il n'y en a qu'un que j'aime bien, parce qu'il ne me dit jamais rien, justement, et qu'il me voit venir, toujours, même quand je ne joue pas de l'accordéon. C'est René. Sûr, il a dû en baver, et pas qu'un peu, pour tout piger au quart de tour. Je me planque entre les plants de tomates, recroquevillée... Je suis venue lui taper une clope et maintenant qu'il est à portée de main, je reste paralysée. Alors il me voit. Toujours il me voit, même derrière les gros buissons touffus. Sans m'enquiquiner avec des « faut manger », « faut voir des gens », « la santé, il y a que ça qui compte parce que, sans la santé… », « qu'est-ce qu'on peut y faire », « c'est la vie », « il serait pas content ton grand frère s'il te voyait comme ça », « on pouvait pas savoir », sans un mot, il me monte sur ses épaules. Comme ça. Une évidence. Le tact. Un « Monsieur », comme dirait Nucci. Là, sur ses épaules, je suis bien. Le seul endroit où j'ai un peu moins mal. Je prends une cigarette de son paquet dans sa poche de poitrine. Il ne me fait pas de leçon, René, il me tend son mégot pour l'allumer. Je fume, je me soûle à en tousser, à en cracher, avec sa nuque entre mes cuisses, ses mains posées sur mes gros genoux cagneux, celles-là bien terreuses qui me protègent. Je regarde les sillons du peigne dans ses cheveux, les poils qui sortent de ses oreilles, le petit pendu noir à son bras.

Après un moment, il me redescend sur terre. Sans un mot, on se comprend. En fait, il est muet lui aussi. Derrière lui, dans son passé, il y a des trucs qui vous coupent l'envie de parler pour toujours. Il m'a réservé un carré de radis. C'est à moi de m'en occuper. Les jours où j'ai trop peur, je vais le voir et je bine mes radis avec une petite pelle. Dans le fond, je m'en fous et lui aussi ! Pas fous. On s'en contretape tous les deux de nos radis, poireaux, choux-fleurs… tomates… patates… C'est juste pour se causer sans se le dire.

Je lui pique deux clopes pour tenir la nuit. Quand j'ai pas le courage de venir, il me laisse des cigarettes dans son appentis. Ça m'aide. La Pie ronfle. Les nuits sont affreuses sans cigarettes pour m'injecter leur drogue directement dans le sang. Intraveineuses. Vraiment affreuses. Sans cesse, je revois le corps de Tom voltiger dans le ciel. Je voudrais me crever les yeux pour ne plus voir le trou rouge à la place de son visage. Et je ne vois que ça. Le rouge envahit la nuit, des flots de sang rugissent, grondent, débondent, le monde déborde de sang derrière mes paupières fermées. Je hurle.

Je vais souvent à la fouille avec Fax. Les sons portent bien là-bas. Mon Menuet a pris du jeu à cause de la pluie. Sous le placage Celluloïd, la caisse en bois a dû morfler. Il a pris du poids aussi et m'arrache les épaules, enfonce mes côtes. J'arrive plus à jouer en marchant. Alors je me trouve un cageot pour m'asseoir, et si ça fume, les immondices partout autour, si ça pue, tant mieux. Il y a des rats. Dès que je joue, ils se sauvent, les cons. Je m'en fous des rats. Il y a des mouettes aussi. Elles, elles s'habituent vite à mes gammes. Elles me rient au nez sur le *Tango du tracteur,* sur *Emmenez-moi jusqu'au bout de la terre.* Au point qu'un jour, je prends une pierre et j'en tue une. Fastoche. Juste bien viser. Une aile cassée. Elle reste à battre le vent et la poussière par terre, la tête révulsée contre une canette de Coca. Je lui tords le cou. Criiiic. Elle ne bouge plus. C'est facile de tuer. Je comprends Tom. Au moins, ce jour-là, j'ai fait quelque chose. J'ai tué une mouette venue de la mer. Peut-être je vais tuer un chaton. Sûrement encore plus facile. J'essaye de retrouver Tom de toutes les manières. Celle-là ? Tuer les bêtes ? Pourquoi pas ? Il est bien révolu le temps de la petite pisseuse qui soignait son bestiaire. Crétine. Cocotte-Minute de la musette. Criiic... Le chaton est aussi mignon que vivant sur mes genoux. Il ne bouge plus. Pas de sang. Je devrais l'empailler.

J'ai longtemps hésité avant d'entrer dans le manoir. Son périmètre sacré. Son domaine. Une nuit que j'en pouvais plus de le guetter partout, de le quêter, d'être hantée par lui, j'y suis allée. Dans un bocal, il y avait des jolies vertèbres enfilées en colliers. La lumière de la lune perçait par la bâche crevée du toit. Ses bêtes étaient toutes là, figées. Je me suis noué un collier de vertèbres autour du cou et je suis rentrée me coucher, réfléchir en fumant une clope. Savoir si j'avais bien fait de venir ou pas…

Il fallait que je lui parle. C'est pas possible que les morts puissent disparaître comme ça, pffff… des carcasses qui pourrissent et plus personne. C'est trop facile. Ça puerait et c'est tout ? Non, non. Ça, c'est inadmissible. Mon Dieu, j'y crois pas. Mais il doit bien rester quelque chose des gens aussi bien et uniques et généreux que Tom Pouce quand ils sont décédés. Je cherche un sens derrière les choses, les paysages, les musiques. Je fouille. Comprendre ce qui subsiste de lui. Lui parler.

Je verse dans le vaudou en Île-de-France, je vire sorcellerie tous azimuts version Roissy, je balance des grigris plein la Beauce. *Douce France.* Charles Trénet. J'ai la partition de cette sale chanson. Je flanche sur mes jambes. J'essaye tout. Très tard le soir, très tôt le matin. J'ai une énergie folle, plus je maigris, plus j'ai la force de l'attendre, mon mort. Mon frère. Tu ne vas pas me quitter comme ça. « Tu m'as manqué. » Beaucoup. Énorme.

D'abord, je me suis confectionné un pendule qui ne me quitte plus – comme le collier en vertèbres. J'ai accroché une alliance de ma mère à un cheveu de Tom retrouvé sur son oreiller. Un pauvre tif sans couleur définie. Un trésor. J'ouvre la main gauche et laisse le pendule répondre à mes questions. La plupart du temps, la bague tourne très vite dans le sens des aiguilles d'une montre. Ça veut dire « oui ». « Est-ce que tu m'entends ? » Oui. « Est-ce que tu vas bien ? » Oui. Faut des questions simples, qu'il puisse répondre par oui ou par non. Non, c'est quand le pendule tourne dans le sens contraire. « Est-ce que je peux finir ton Pégase ? » Non. « Même en faisant très attention ? » NON. Le pendule est formel. Alors je n'y toucherai pas. J'ai déjà assez de carnage sur le dos. À croire que je porte la poisse, la mouise. Je n'oublie pas qu'il y en a déjà un autre, de frère, le Marc-Alexandre, qui est mort dans le temps. J'ai pris sa place. Je suis le cul entre deux morts… Dormir. La Pie ronfle trop fort. Manque de pot, j'ai plus un seul clope…

– Dis, Tom, est-ce que je peux venir te voir ?

– Oui.

– J'arrive.

Je m'enroule dans mes peaux de lapins vu que j'ai maintenant toujours froid, le jour, la nuit, l'été ou pas, froid. Je descends la rue Brûlée. Fax frétille de la queue dans l'obscurité. Blottu me renifle loin à l'avance.

Durant treize jours – le « 13 » est un chiffre porteur pour les esprits – j'y suis retournée, au manoir dormir chaque nuit. Toute une installation dans l'ancien salon mouluré aux miroirs lépreux, éclatés et verdis. J'ai fait une mise en scène pour concentrer mon énergie et me mener jusqu'à Tom par-delà la Faucheuse. Au centre de la pièce trône mon agneau volant. Autour, trois cercles. Le premier est composé d'ossatures, de miettes de phalanges, de crânes, de vertèbres, tibias, fémurs, sabots. Le deuxième de verres brisés, des éclats de pare-brise, de phares, j'en ramasse partout dans les champs, les caniveaux, des transparents en diamants, des orangés en clignotants, plein mes poches. Ils brillent dans la nuit. Le troisième cercle est habité par ses bêtes empaillées. Toutes, des plus grosses aux minuscules, le souriceau-limace, le chaton-chauve-souris, Raoul l'Ancien avec son derrière de grenouille, l'écureuil borgne, le marcassin à tête de renard, le pégase avec seulement une grande aile de héron, tous l'attendent d'un museau dressé vers le ciel, d'une patte élégamment pliée, d'une oreille attentive, une aile déployée…

Je m'installe au centre, assise sur le coussin du tracteur, au pied de l'ange noir. Mon dos métronome me donne le tempo. J'utilise le Menuet comme caisse de résonance. Pas de mélodie. Nenni les petites musiques, les airs, les fanfaronnades de dextérité. Je l'ouvre et le referme comme un immense poumon. Pfffff… Juste le bruit de l'air aspiré et compressé, inspiré et expiré. Ensuite je bats une cadence lente en frappant régulièrement la caisse dorée. Un gros cœur qui respire dans la nuit se met à battre. Boum… boum… boum… boum… Il va me parler à travers sa mort, juste un souffle, un mot. Boum… boum… Des heures, jusqu'à l'aube. Je me balance sur l'infini.

– Tiens, voilà notre loup-garou qui va se coucher !

Ta gueule. Ta gueule, la Monique.

– Tu as une mine ! Tes yeux qui mangent tout le visage. Plus de joue… Tsss… C'est pas sérieux… Regarde-moi ça ce que tu es sale… Tu te laves au moins ? Hein ? Tu ne me dis rien ? La Pie voit donc pas que t'es plus qu'un squelette ? Elle est encore soûle, je parierais… J'aime pas ça… Pas du tout.

Tais-toi ! Replonge-toi dans ton *Détective* du matin et fous-moi la paix.

– Ça va mal finir, cette histoire…

Elle est déjà finie, connasse.

– Faudrait prévenir des médecins… La DDASS… Moi, je vais pas laisser cette môme devenir foldingue. Crasseuse comme une clocharde. Tu pues… Ah si, je te jure. Autant te le dire franchement. Non, non. On ne dira pas dans les journaux que personne n'aura rien fait.

Je vais la tuer.

– Me regarde pas comme ça ! C'est pour ton bien. Ton bien ! Ta santé ! Faut manger… Ben qu'est-ce qui te prend ? Tu vas pas me sauter dessus !

Dans ma chambre, mes Barbie sont percées d'aiguilles aux points névralgiques de la vie de Monique. Le vieux chiendent, ça ne crève pas. Ça tient, ça s'accroche, ça se peinturlure encore en mauve. René, il s'en fout que je pue quand il me prend sur ses épaules.

Un soir, le cheveu du pendule s'est cassé quand je demandais à Tom si j'allais arriver à mourir du manque d'alimentation. J'ai attendu, les yeux larges. J'ai plus la force physique même si dans ma tête tout est très clair. Même descendre la rue Brûlée jusqu'au manoir, ça m'épuise. J'ai allumé une cigarette dans le noir. Rien ne s'est produit.

Un jour, La Pie émergeant entre deux cuites m'a surprise à fumer. Dans un élan maternel, elle m'a collé une taloche. L'effet nous a anéanties toutes les deux. On est restées à pleurer des heures, accrochées l'une dans l'autre comme au bord de l'autoroute.

– Mon chaton, ma Princesse, t'as plus que la peau sur les os, ma poupée, ne meurs jamais. Jamais. Mon cœur, mon âme. T'es tout ce qui me reste. Ne crève pas. Mon trésor, mes yeux. Mon Dieu que tu es maigre.

Son corps est brûlant. J'ai envie de lui dire que Monique va envoyer les flics. Qu'on va me foutre en asile ou en hosto, qu'on va nous séparer… que j'ai peur, je veux rester au Vieux Pays, ne plus jamais partir. J'essaye de parler, le visage contre son énorme sein. C'est doux. Je peux plus articuler, juste des petits cris de douleur étrangement aigus.

Une nuit au manoir, à battre le cœur de Fratelli Crosio, boum… boum… boum…, dans une odeur à tuer les mouches depuis que j'apporte des bêtes que j'ai tuées et les regarde entrer en décomposition chaque jour, se gonfler, se boursoufler et grouiller de vers blancs, une main s'est posée sur mon dos. Lloyd enfin. J'ai arrêté de jouer le silence.

Derrière le rideau de mes cheveux, j'ai vu les joues creuses d'un adolescent plein de taches de rousseur, des yeux si clairs qu'ils faisaient deux trouées blanches dans la nuit.

Xavier. Quatre mois de passés. Xavier est accroupi devant moi et je le regarde comme un mort. Il a changé. Ses yeux portent des paysages d'ailleurs dans le fond de leur pâleur. Il avance sa main… Je sursaute et me cache derrière l'accordéon. J'attends. Sa main hésite. Elle revient, se pose sur mon front, descend le long de mes pommettes, longe l'arête de mon nez, effleure mes lèvres. Lui, c'est un fantôme. Ce n'est pas Xavier. Trop de douceur, trop de désir, d'inquiétude. Je le regarde fixement sans battre des cils. Sa main glisse derrière mes oreilles et s'arrête sur ma nuque. Elle me serre fort, je frissonne. De son bras libre, il écarte le bouclier de mon Menuet, le pose doucement au sol. Il ne me lâche pas. Il m'attire contre lui, j'ai du mal, je résiste, je dois puer, il m'étreint plus fort que ma volonté, m'enlace, je me love contre lui, son torse, ses jambes, ses bras. Et la main reste, infatigable, sur ma nuque, des heures.

– New York ?

Le son de ma voix est très grave. Il fait signe que oui. Xavier n'est plus un tuteur. Un grand, mon père, mon frère, fiancé. Il me soulève dans ses bras et enjambe délicatement les cercles de monstruosités. Il s'assied sur le perron de pierre du manoir, me berce tout en regardant l'aube monter derrière Roissy. Petit à petit, je sens mon cœur battre contre sa main. Un petit toc-toc-toc-toc. Alors c'est que je vis. Je glisse une main sur son torse à lui, et là aussi, ça palpite sous ses côtes. On se regarde.

– Il faut que tu manges...

Ah non ! pitié, pas lui ! Pas lui aussi avec cette vilaine ritournelle, les paroles du bon sens, bien de chez nous, manger. Le langage de la raison. Non. Je me débats pour me tirer. Il m'écrabouille contre lui.

– You've got to eat or you gonna die. Eat. Repeat : eat... EAT.

Je répète : ïïïït. Ça va, c'est pas un mot. Plutôt comme un petit cri. Ça, je veux bien crier des ïïïït. Sa main revient caresser mes cheveux, écarter les mèches.

– Again, say it again : eat, you've got to eat… Again, say it again…

Heuu… guaïne. Deux notes. C'est bon ses doigts dans mes cheveux.

– Again ! Repeat : you've got to eat…

– ïïïït.

Il me fait rire son lavabo d'anglais… Ça va, tant que c'est pas des mots de chez nous, pas des vieux mots du temps d'avant, je peux dire. Il sourit. Il y a un brin de « ma petite pomme » dans le creux de ses fossettes.

– Yeah. Eat. Good.

– Yeah.

Ma parole, il va me faire rigoler.

– You're cold.

– Yeah. Kold. ïïïït…

J'ai compris. On ne se parlera plus que dans la langue laid, celle-là et rien d'autre. Pour la langue maternelle, pour le français, je suis muette. Un point, c'est tout. Et puis celle-là, on nous la piquera pas. Personne n'y entravera rien par ici.

Xavier se lève et me garde nichée dans le creux de ses bras comme un petit baluchon. Attention ! Je peux marcher quand même. Je gigote. Il comprend et me pose par terre.

– Are you sure you can walk ?

Je ne pige pas. C'est pas grave. Avec Xavier revenu, je vais pouvoir tenir. Enfin, je crois. Je ne suis pas solide sur mes jambes. La fatigue. Le froid. Il passe un bras sous mes aisselles. Ça aide.

On remonte la rue Brûlée qui me semble infiniment longue, et tout le temps je répète son verlan d'ailleurs, des ïïïït comme des sanglots derrière le sourire… C'est porteur, faut croire, parce que je tiens sur mes jambes jusqu'à la maison Lecerf.

Romans, récits et documents

La littérature conjuguée au pluriel, pour votre plaisir. Des œuvres de grands romanciers français et étrangers, des histoires passionnantes, dramatiques, drôles ou émouvantes, pour tous les goûts...

ADLER LAURE

L'année des adieux
4166/4
Chronique de la vie quotidienne à l'élysée sous la présidence Mitterrand. Portrait d'un homme d'exception.

ADLER PHILIPPE

Bonjour la galère !
1868/1

Les amies de ma femme
2439/3
Mais qu'est-ce qu'elles veulent ces bonnes femmes ? Quand il rentre chez lui, Albert aimerait que Victoire s'occupe de lui mais rien à faire : les copines d'abord. Jusqu'au jour où Victoire se fait la malle et où ce sont ses copines qui consolent Albert.

ALLÉGRET CATHERINE

Les souvenirs et les regrets aussi
4000/7

ALLEGRI RENZO

La véritable histoire de Maria Callas
3699/6

AMIEL JOSEPH

Question de preuves
4119/5

ANDERSEN CHRISTOPHER

Mike Jagger le scandaleux
3771/8

ANDREWS VIRGINIA C.

Ma douce Audrina
1578/4

Fleurs captives
Dans un immense et ténébreux grenier, quatre enfants vivent séquestrés. Pour oublier, ils font de leur prison le royaume de leurs jeux et de leur tendresse, à l'abri du monde. Mais le grenier devient un enfer. Et le seul désir de ces enfants devenus adolescents est désormais de s'évader... à n'importe quel prix.

- Fleurs captives
1165/4
- Pétales au vent
1237/4
- Bouquet d'épines
1350/4
- Les racines du passé
1818/5
- Le jardin des ombres
2526/4

La saga de Heaven
- Les enfants des collines
2727/5
- L'ange de la nuit
2870/5
- Cœurs maudits
2971/5
- Un visage du paradis
3119/5
- Le labyrinthe des songes
3234/6

Aurore
Un terrible secret pèse sur la naissance d'Aurore. Brutalement séparée des siens, humiliée, trompée, elle devra payer pour les péchés que d'autres ont commis. Car sur elle et sur sa fille Christie, plane la malédiction des Cutler...

- Aurore
3464/5
- Les secrets de l'aube
3580/6
- L'enfant du crépuscule
3723/6
- Les démons de la nuit
3772/6
- Avant l'aurore
3899/5

Ruby
4253/6

Perle
4332/5

A. NONYME

M. et Mme ont un fils
4036/2 & 4118/2

APOLLINAIRE GUILLAUME

Les onze mille verges
704/1

ARTHUR

Arthur censuré
3698/5
De la radio à la télé, rien n'arrête Arthur.

Ta mère
4075/2

Ta mère, la réponse
4225/2

Ta mère, la revanche
4365/2

Aimons-nous les uns les autres
4524/2

ARVIGNES GEORGES

Quelques mois pour l'aimer
4289/2

ASHWORTH SHERRY

Calories story
3964/5 Inédit

Romans, récits et documents

ATTANÉ Chantal
Le propre du bouc
3337/2

AVRIL Nicole
Monsieur de Lyon
1049/2
La disgrâce
1344/3
Jeanne
1879/3
Don Juan aujourd'hui pourrait-il être une femme ?
L'été de la Saint-Valentin
2038/1
Sur la peau du Diable
2707/4
Dans les jardins de mon père
3000/2
Il y a longtemps que je t'aime
3506/3

BACH Richard
Jonathan Livingston le goéland
1562/1 Illustré
Illusions/Le Messie récalcitrant
2111/1
Un pont sur l'infini
2270/4

BAILLY Othilie
L'enfant dans le placard
3029/1
L'enfant qui se laissait mourir
3859/1

BALDACCI David G.
Le pouvoir d'exécuter
4267/7
Ayant surpris par hasard le meurtre d'une jeune femme, un cambrioleur est contraint au silence par les services secrets américains...

BALTIQUE
Labrador présidentiel
Aboitim - 1
4490/3

BARRON Judy & Sean
Moi, l'enfant autiste
3900/4

BAYROU François
Henri IV
4183/6
La vie du souverain préféré des Français, par un historien également ministre de l'Education nationale. Coexistence pacifique, redressement financier, lutte contre la corruption, développement agricole et industriel, réforme de l'enseignement, le parallèle avec notre époque est troublant et passionnant.

de BEARN Myriam & Gaston
Gaston Phébus
- Le lion des Pyrénées
2772/6
- Les créneaux de feu
2773/7
- Landry des bandouliers
2774/5

BELLEMARE P. & ANTOINE J.
Les dossiers extraordinaires
2820/4 & 2821/4
Les dossiers d'Interpol
2844/4 & 2845/4

BELLETTO René
Le revenant
2841/5
Sur la terre comme au ciel
2943/5
La machine
3080/6
L'Enfer
3150/5
Dans une ville déserte et terrassée par l'été, Michel erre. C'est alors qu'une femme s'offre à lui, belle et mystérieuse...

BERBEROVA Nina
Le laquais et la putain
2850/1
Astachev à Paris
2941/2
La résurrection de Mozart
3064/1
C'est moi qui souligne
3190/8
L'accompagnatrice
3362/4
De cape et de larmes
3426/1
Roquenval
3679/1
A la mémoire de Schliemann
3898/1
Chroniques de Billancourt
4076/3
Dans les années vingt, un petit peuple misérable d'émigrés slaves s'agglutine autour des usines Renault, entre nostalgie et désespoir...

de BERG Jean
L'image
1686/1

BERTRAND Jacques A.
Tristesse de la Balance et autres signes
2711/1

BEYALA Calixthe
C'est le soleil qui m'a brûlée
2512/2
Tu t'appelleras Tanga
2807/3

Romans, récits et documents

Le petit prince de Belleville
3552/3
Maman a un amant
3981/3
Assèze l'Africaine
4292/4
L'itinéraire tragique d'Assèze, une jeune Camerounaise, de son village aux mirages de Douala, puis aux « clandés » surpeuplés de Paris. Mêlant avec une magie singulière poésie, lyrisme et humour, Calixthe Beyala fait surgir une foule de personnages d'où émerge le couple étrange que forment Assèze et Sorraya, les sœurs ennemies.

BIGEARD Général
De la brousse à la jungle
3995/4 Illustré

BLUE Corine
L'oiseau libre
4493/3

BOCCOLINI Laurence
Je n'ai rien contre vous personnellement
4412/3

BOGGIO Philippe
Coluche
3268/7

BORY Jean-Louis
Mon village à l'heure allemande
81/4

BOTTE Marie-France & MARI Jean-Paul
Le prix d'un enfant
3983/4 Illustré

BOUDARD Alphonse
Saint Frédo
3962/3

BOUILLOT Françoise
La boue
4139/3

BOURDIN Françoise
Les vendanges de Juillet
4142/6
Terre Indigo
4382/5
Ruinés, les Vallogne quittent Bordeaux en 1920 pour Cuba. Au lieu de la riche plantation qu'ils avaient achetée, ils ne découvrent qu'une cabane...
Juillet en hiver
4496/5

BRANDO Marlon
Les chansons que m'apprenait ma mère
4143/7 Illustré
Marlon Brando retrace sa carrière d'acteur, sa vie d'homme et son engagement pour la défense des Indiens et d'autres minorités opprimées d'Amérique du Nord.

BRAVO Christine
Avenida B.
3044/3
Les petites bêtes
3104/2
Les grosses bêtes (un érotisme inattendu)
3770/3
Les bêtes, petites ou grosses, sont aussi compliquées que nous et leurs amours sont bien difficiles !
L'adieu à Tolède
4393/6
Changer tout
4497/7

BRIAND Charles
Le seigneur de Farguevieille
4074/4

BROUILLET Chrystine
Marie LaFlamme
- Marie LaFlamme
3838/6
- Nouvelle-France
3839/6
- La renarde
3840/6

de BURON Nicole
Les saintes chéries
248/3
Vas-y maman
1031/2
Dix-jours-de-rêve
1481/3
Qui c'est, ce garçon ?
2043/3
C'est quoi, ce petit boulot ?
2880/4
Où sont mes lunettes ?
3297/4
Arrêtez de piquer mes sous !
3652/5
Impôts, cotisations, taxes, prélèvements, vignettes, TVA... c'est trop ! Le ras-le-bol d'une contribuable excédée mais d'un humour à toute épreuve.
Arrête ton cinéma !
4251/4

BYRNE Beverly
Gitana
3938/8

CAILHOL Alain
Immaculada
3766/4 Inédit

CAISNE Arielle
L'ortie
3836/1

CALFAN Nicole
La femme en clef de sol
3991/2

CAMPBELL Naomi
Swan
3827/6 Inédit

Romans, récits et documents

CARREL Dany
L'Annamite
3459/7

CARROLL Lewis
Alice au pays des merveilles
3486/2

des **CARS** Guy
1911-1993. D'abord journaliste, il entama, avec L'officier sans nom *une carrière littéraire qui en fera l'écrivain français le plus lu dans le monde.*

La brute
47/3
Accusé de meurtre et traduit en justice, un sourd-muet, aveugle de naissance va être condamné.

Le château de la juive
97/4
La tricheuse
125/4
L'impure
173/4
La corruptrice
229/3
La demoiselle d'Opéra
246/4
Les filles de joie
265/3
La dame du cirque
295/3
Cette étrange tendresse
303/3
L'officier sans nom
331/3
La maudite
361/4
Entre un père despotique et une redoutable gouvernante, une jeune fille reçoit une éducation rigide. Elle n'aura que plus tard la révélation de sa dualité sexuelle.

L'habitude d'amour
376/3
La révoltée
492/4
Une certaine dame
696/5
L'insolence de sa beauté
736/3
La justicière
1163/2
La vie secrète de Dorothée Gindt
1236/1
L'envoûteuse
2016/5
Le crime de Mathilde
2375/4
L'histoire d'une étonnante captation d'héritage et d'une femme qui ne vécut que pour un seul amour.

La voleuse
2660/4
Le grand monde
2840/8
L'amoureuse
3192/4
Je t'aimerai éternellement
3462/4
La femme-objet
3517/3
L'amant imaginaire
3694/6
Hôtesse dans un établissement très spécial, Solange se préserve en s'inventant un amant imaginaire qui fait rêver ses amies.

La visiteuse
3939/3

CATO Nancy
Lady F.
2603/4
Tous nos jours sont des adieux
3154/8
Marigold
3837/2

CAVANNA
Les pensées
4388/2
Drôles, acides, impertinentes, les pensées de Cavanna donnent envie de rire ou de pleurer, mais font à coup sûr réfléchir.

CERF Muriel
L'antivoyage
3883/3

CESBRON Gilbert
Chiens perdus sans collier
6/2
C'est Mozart qu'on assassine
379/3

CHABROL Dominique
Desproges
4056/3

CHAMSON André
La Superbe
3269/7
La tour de Constance
3342/7

CHAZAL Claire
Balladur
3581/3

CHEDID Andrée
La maison sans racines
2065/2
Le sixième jour
2529/3
Le sommeil délivré
2636/3
L'autre
2730/3
Les marches de sable
2886/3
L'enfant multiple
2970/3
La cité fertile
3319/1
La femme en rouge et autres nouvelles
3769/1

Romans, récits et documents

CLAVEL Bernard

Né dans le Jura en 1923, Bernard Clavel a exercé plusieurs métiers avant de se consacrer exclusivement à la littérature. Autodidacte, cet écrivain passionné nourrit son œuvre de la richesse de son vécu et de sa sensibilité. Sous sa plume naissent des personnages forts et vrais, des drames inoubliables qui passionnent le public. J'ai lu a déjà vendu dix millions d'exemplaires de ses ouvrages.

Le tonnerre de Dieu
290/1

Le voyage du père
300/1

L'Espagnol
309/4

Malataverne
324/1

Dans un bourg du Jura où ils s'ennuient, trois adolescents font les quatre cents coups et entrent, sans le comprendre vraiment, dans la délinquance.

L'hercule sur la place
333/3

Le tambour du bief
457/2

Le massacre des innocents
474/1

L'espion aux yeux verts
499/2

Le Seigneur du Fleuve
590/3

Pirates du Rhône
658/1

Le silence des armes
742/3

Tiennot
1099/1

L'homme du Labrador
1566/1

Qui êtes-vous, B. Clavel ?
1895/2

Quand j'étais capitaine
3423/3

Meurtre sur le Grandvaux
3605/3

Les rouliers, c'étaient les ancêtres des camionneurs d'aujourd'hui. Pendant des siècles, ils ont parcouru toutes les routes d'Europe, de l'Espagne aux foires de Russie, avec leurs attelages chargés de marchandises. Mais pour Ambroise Grandvalliers, le voyage s'arrête le jour où il lui faut venger l'honneur de sa fille.

La bourrelle
3659/1

L'Iroquoise
3700/1

La révolte à deux sous
3748/3

Dresseur d'animaux, Patero parcourt les collines de Lyon, entouré de chats, d'oiseaux et de rats, tenant entre ses mains tous les fils d'une révolte que le fleuve en colère finira par engloutir sous ses eaux noires.

Cargo pour l'enfer
3878/4

Chargé de déchets toxiques, un vieux cargo erre interminablement d'un port à l'autre, sans pouvoir se délivrer de sa monstrueuse cargaison. Une dénonciation de l'irresponsabilité et de la corruption qui marquent notre siècle.

Les roses de Verdun
4260/3

Au terme d'une vie consacrée aux affaires, parmi lesquelles le commerce d'armes, un grand bourgeois, condamné par la maladie, décide d'effectuer un pèlerinage sur la tombe de son fils. Son fidèle chauffeur raconte ce voyage et, peu à peu, ressurgissent des souvenirs d'une époque oubliée.

La grande patience

1 - La maison des autres
522/4

2 - Celui qui voulait voir la mer
523/4

3 - Le cœur des vivants
524/4

4 - Les fruits de l'hiver
525/4

Dans une petite ville près de Lyon, les règlements de comptes sanglants de la Libération sèment le trouble et la mort. Ce roman valut à Bernard Clavel le prix Goncourt en 1968.

Les colonnes du ciel

1 - La saison des loups
1235/3

2 - La lumière du lac
1306/4

3 - La femme de guerre
1356/3

4 - Marie Bon Pain
1422/3

5 - Compagnons du Nouveau-Monde
1503/3

Le Royaume du Nord

Tout semblait rejeter l'homme dans ce Grand Nord canadien. Pourtant des pionniers s'engagent, pour tenter une utopique aventure : fonder un village sur les berges de l'Harricana.

- Harricana
2153/4

- L'Or de la terre
2328/4

- Miséréré
2540/4

- Amarok
2764/3

- L'angélus du soir
2982/3

- Maudits sauvages
3170/4

Romans, récits et documents

CLAVELL James
Shogun
4361/6 & 4362/6
En l'an 1600, un navire européen s'échoue sur les côtes japonaises, où les survivants du naufrage sont faits prisonniers. John Blackthorne découvre alors un monde inconnu, à la fois cruel et raffiné, en proie à de sauvages combats de clans. Fasciné, il assiste à l'ascension de l'inquiétant Toranaga qui va devenir Shogun, c'est-à-dire dictateur, maître absolu du Pays du Soleil Levant.

CLÉMENT Catherine
Pour l'amour de l'Inde
3896/8

COCTEAU Jean
Orphée
2172/1

COELHO Paulo
L'Alchimiste
4120/4
Sur le bord de la rivière Piedra
4385/4
Pilar retrouve son compagnon d'enfance, perdu onze ans plus tôt. Tous deux sont à la recherche de leur vérité et veulent aller jusqu'au bout de leurs rêves. Une histoire d'amour qui est aussi le récit d'une quête initiatique.

COLETTE
Le blé en herbe
2/1

COLLARD Cyril
Cinéaste, musicien, il a adapté à l'écran et interprété lui-même son second roman Les nuits fauves. *Le film, 4 fois primé, a été élu meilleur film de l'année aux Césars 1993. Quelques jours plus tôt Cyril Collard mourait du sida.*

Les nuits fauves
2993/3
Condamné amour
3501/4
L'ange sauvage
3791/3

COLOMBANI Marie-Françoise
Donne-moi la main, on traverse
2881/3
Derniers désirs
3460/2

COLUCHE
Coluche Président
3750/4

COMBE Rose
Le Mile des Garret
4333/2

CONNOR Alexandra
Les couleurs du rêve
4207/5

CONROY Pat
Le Prince des marées
2641/5 & 2642/5

DATH Isabelle & HARROUARD Philippe
Alain Juppé ou la tentation du pouvoir
4073/3

DENUZIÈRE Maurice
Helvétie
3534/9
La Trahison des apparences
3674/1
Rive-Reine
4033/6 & 4034/6

DEVEREUX Charles
Vénus indienne
3807/3
Mes amours sous les déodars
4409/4

DEVI Phoolan
Moi, Phoolan Devi, reine des bandits
4494/8 Illustré
Née parmi les parias, Phoolan Devi semblait promise, en Inde, à un esclavage sans issue. Mais sa révolte a fait d'elle un symbole d'espoir pour des millions de femmes. Mariée à onze ans, maltraitée puis abandonnée, violée par une bande de hors-la-loi, elle se rebelle et se venge. Devenue la reine des bandits, elle vole les riches pour donner aux pauvres, tandis que sa tête est mise à prix...

DHÔTEL André
Le pays où l'on n'arrive jamais
61/2

DICKEY James
Délivrance
531/3

DIWO Jean
Au temps où la Joconde parlait
3443/7
L'Empereur
4186/7
Les dîners de Calpurnia
4539/7

DJIAN Philippe
Né en 1949, sa pudeur, son regard à la fois tendre et acerbe, et son style inimitable ont fait de lui l'écrivain le plus lu de sa génération.

37°2 le matin
1951/4
Bleu comme l'enfer
1971/4
Zone érogène
2062/4
Maudit manège
2167/5

Romans, récits et documents

50 contre 1
2363/2
Echine
2658/5
Crocodiles
2785/2
Cinq histoires qui racontent le blues des amours déçues ou ignorées. Mais c'est parce que l'amour dont ils rêvent se refuse à eux que les personnages de Djian se cuirassent d'indifférence ou de certitudes. Au fond d'eux-mêmes, ils sont comme les crocodiles : « des animaux sensibles sous leur peau dure ».

DOBYNS Stephen
Les deux morts de la Señora Puccini
3752/5 Inédit

DORIN Françoise
Elle poursuit avec un égal bonheur une double carrière. Ses pièces (La facture, L'intoxe...) dépassent le millier de représentations et ses romans sont autant de best-sellers.

Les lits à une place
1369/4
Les miroirs truqués
1519/4
Les corbeaux et les renardes
2748/5
Nini Patte-en-l'air
3105/6
Au nom du père et de la fille
3551/5
Un beau matin, Georges Vals aperçoit l'affiche d'un film sur laquelle s'étale le corps superbe et intégralement nu de sa fille. De quoi chambouler un honorable conseiller fiscal de 63 ans !
Pique et cœur
3835/1
La Mouflette
4187/4
La Mouflette, c'est Ophélie, un bébé. Elle, c'est sa grand-mère, la quarantaine, qui vit une seconde jeunesse, un nouvel amour. Lui, c'est l'amant, qui supporte mal la situation...

DUBOIS Jean-Paul
Les poissons me regardent
3340/3

DUBOIS Sonia
Journal d'une grosse repentie
4461/3

DUPONT Marie-Noëlle
Rendez-moi mes enfants
4054/3

DUQUESNE Jacques
Jésus
4160/4
Une biographie qui dérangea les milieux catholiques traditionnels. Jacques Duquesne trace un portrait prudent et mesuré d'un personnage historique.

DURIÈS Vanessa
Le lien
3678/3

DUROY Lionel
Priez pour nous
3138/4

D'EAUBONNE Françoise
Isabelle Eberhardt
2989/6

Dr ETIENNE Jean-Louis
Transantarctica
3232/5
6 300 km dans un désert glacé, avec trois traîneaux et quarante chiens. Un pari insensé.

FAUCHER Elisabeth
Rends la monnaie, papa!
3746/3 Inédit Illustré

FERBER Edna
Show-Boat
4016/5
Cimarron
4205/4

FIECHTER Jean-Jacques
Tiré à part
3912/3
L'ombre au tableau
4498/3

FIELD Michel
L'homme aux pâtes
3825/4

FIELDING Joy
Dis au revoir à maman
1276/4
La femme piégée
1750/4

FLAGG Fannie
Beignets de tomates vertes
3315/7
Daisy Fay et l'homme miracle
4334/5

FLÉOUTER Claude
Johnny, la dernière des légendes
3610/4 Illustré

FOUCHET Lorraine
Jeanne, sans domicile fixe
2932/4

FRANÇOIS Jacques
Rappels
3982/4 Illustré

FREEDMAN J.F.
Par vent debout
3658/9 Inédit

Romans, récits et documents

FRISON-ROCHE

Né à Paris en 1906, l'alpinisme et le journalisme le conduisent à une carrière d'écrivain. Aujourd'hui il partage son temps entre de grands reportages, les montagnes du Hoggar et Chamonix.

Premier de cordée
936/3

La grande crevasse
951/3

Retour à la montagne
960/3

La piste oubliée
1054/3

Le rendez-vous d'Essendilène
1078/3

Djebel Amour
1225/4

En 1870, une jolie couturière épouse un prince de l'Islam. A la suite de Si Ahmed Tidjani, elle découvre, éblouie, la splendeur du Sahara. Décidée à conquérir son peuple, elle apprend l'arabe, porte le saroual et prend le nom de Lalla Yamina.

La dernière migration
1243/4

Les montagnards de la nuit
1442/4

Frison-Roche, qui a lui-même appartenu aux maquis savoyards, nous raconte le quotidien de ces combattants de l'ombre.

L'esclave de Dieu
2236/6

Le versant du soleil
3480/9

GAGARINE MARIE

Blonds étaient les blés d'Ukraine
3009/6

Le thé chez la comtesse
3172/5 Illustré

GEDGE PAULINE

La dame du Nil
2590/6

L'histoire d'Hatchepsout, reine d'Egypte à 15 ans. Les splendeurs de la civilisation pharaonique et un destin hors série.

GEORGY GUY

La folle avoine
3391/4

Le petit soldat de l'Empire
3696/4

GLASER ELIZABETH & PALMER LAURA

En l'absence des anges
3318/6

GOLON ANNE & SERGE

Angélique Marquise des Anges
2488/7

Angélique le chemin de Versailles
2489/7

Angélique et le Roy
2490/7

Indomptable Angélique
2491/7

Angélique se révolte
2492/7

Angélique et son amour
2493/7

Angélique et le Nouveau Monde
2494/7

La tentation d'Angélique
2495/7

Angélique et la Démone
2496/7

Angélique et le complot des ombres
2497/5

Angélique à Québec
2498/5 & 2499/5

La route de l'espoir
2500/7

La victoire d'Angélique
2501/7

GOTLIB

J'existe, je me suis rencontré
3719/4

GOURIO JEAN-MARIE

Brèves de comptoir
3978/3, 4015/3, 4052/4, 4291/4 & 4441/4

A l'heure de l'apéritif, dans les 150 000 bistrots, on refait le monde, les gouvernements, on déclare des guerres, on invente des lois, on reconstruit des villes, on replante des forêts... On va même jusqu'à avancer la date du beaujolais nouveau !

GRAM DEWEY

Le Journal
3822/5

L'Ombre et la Proie
4418/4

GRAY MARTIN

Le livre de la vie
839/2

Les forces de la vie
840/2

GROULT FLORA

Après des études à l'Ecole des arts décoratifs, elle devient journaliste et romancière. Elle écrit d'abord avec sa sœur Benoîte, puis seule.

Maxime ou la déchirure
518/1

Un seul ennui, les jours raccourcissent
897/2

A 40 ans, Lison épouse Claude, diplomate à Helsinki. Elle va découvrir la Finlande et les enfants de son mari. Une erreur ?

4578

R.I.D. Composition 91400 - Gometz-la-Ville
Achevé d'imprimer en Europe (France)
par Brodard et Taupin à La Flèche (Sarthe)
le 20 août 1997. 6181S-5
Dépôt légal août 1997. ISBN 2-290-04578-0
Éditions J'ai lu
84, rue de Grenelle, 75007 Paris
Diffusion France et étranger : Flammarion